U0112403

聊斋志异

册二

［清］蒲松龄 著

万卷出版公司

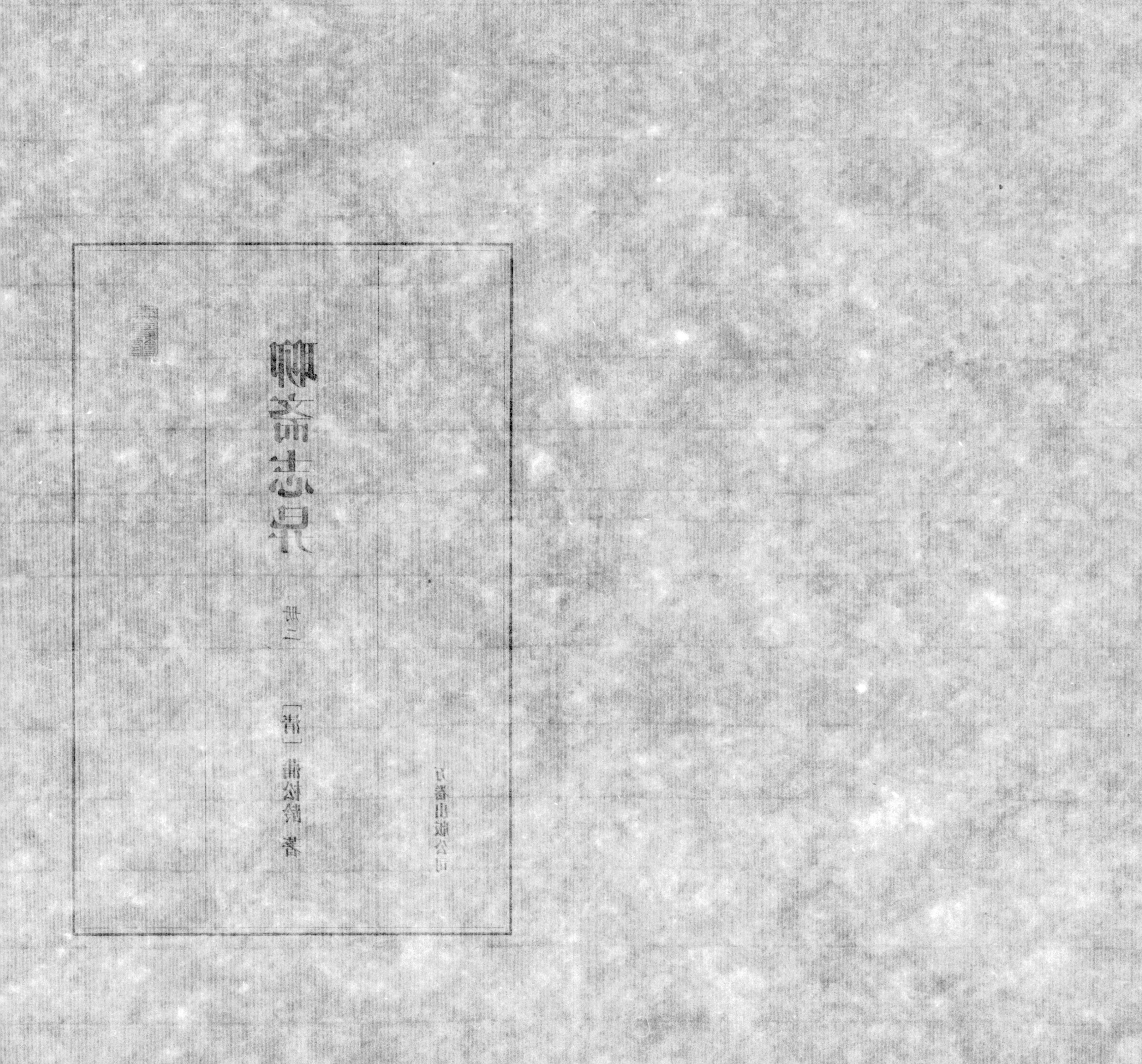

鲁公女

招远张于旦，性疏狂不羁，读书萧寺①。时邑令鲁公，三韩②人，有女好猎。生适遇诸野，见其风姿娟秀，着锦貂裘，跨小骊驹，翩然若画。归忆容华，极意钦想；后闻女暴卒，悼叹欲绝。

鲁以家远，寄灵寺中，即生读所。生敬礼如神明，朝必香，食必祭，每酹而祝曰：『睹卿半面，长系梦魂，不图玉人③，奄然物化。今近在咫尺，而邈若河山，恨如何也！然生有拘束，死无禁忌，九泉有灵，当姗姗而来，慰我倾慕。』日夜祝之几半月。一夕挑灯夜读，忽举首，则女子含笑立灯下，生惊起致问。女曰：『感君之情，不能自已，遂不避私奔之嫌。』生大喜，遂共欢好。自此无虚夜。谓生曰：『妾生好弓马，以射獐杀鹿为快，罪孽深重，死无归所。如诚心爱妾，烦代诵《金刚经》一藏数，生生世世不忘也。』生敬受教，每夜起，即柩前捻珠讽诵。偶值节序，欲与偕归，女忧足弱，不能跋履。生请抱负以行，女笑从之。如抱婴儿，殊不重累，遂以为常，考试亦载与俱，然行必以夜。生将赴秋闱，女曰：『君福薄，徒劳驰驱。』遂听其言而止。

积四五年，鲁罢官，贫不能榇，将就窆④之，苦无葬地。生乃自陈：『某有薄壤近寺，愿葬女公子。』鲁公喜。生又力为营葬。鲁德之而莫解其故。鲁去，二人绸缪如平日。一夜侧倚生怀，泪落如豆，曰：『五年之好，于今别矣！受君恩义，数世不足以酬！』生惊问之。曰：『蒙惠及泉下人，经咒藏满，今得生河北卢户部家。如不忘今日，过此十五年，八月十六日，烦一往会。』生泣下曰：『生三十余年矣，又十五年，将就木⑤焉，会将何为？』女亦泣曰：『愿为奴婢以报。』少间曰：『君送妾六七里，此去多荆棘，妾衣长

李肇《国史补》：梁武帝造寺，令萧子云飞白大书『萧』字，至今一『萧』字存焉。

《左传·僖公二十三年》：（重耳）将适齐，谓季隗曰：『待我二十五年，不来而后嫁。』对曰：『我二十五年矣，又如是而嫁，则就木焉！请待子。』

难度。」乃抱生项，生送至通衢，见路旁车马一簇，马上或一人，或二人；车上或三人、四人、十数人不等；独一钿车，绣缨朱幰，仅一老媪在焉。见女至，呼曰：「来乎？」女应曰：「来矣。」乃回顾生云：「尽此，且去！勿忘所言。」生诺。女行近车，媪引手上之，展即发，车马阗咽而去。

生怅怅而归，志时日于壁。因思经咒之效，持诵益虔。梦神人告曰：「汝志良嘉，但须要到南海去。」问：「南海多远？」曰：「近在方寸地。」醒而会其旨，念切菩提，修行倍洁。三年后，次子明、长子政，相继擢高科。生虽暴贵，而善行不替。夜梦青衣人邀去，见宫殿中坐一人如菩萨状，逆之曰：「子为善可喜，惜无修龄，幸得请于上帝矣。」生伏地稽首。唤起，赐坐；饮以茶，味芳如兰。又令童子引去，使浴于池。池水清洁，游鱼可数，入之而温，掬之有荷叶香。移时渐入深处，失足而陷，过涉灭顶。惊寤，异之。由此身益

健，目益明。自捋其须，白者尽簌簌落；又久之，黑者亦落。面纹亦渐舒。至数月后，颔秃童面，宛如十五六时。辄兼好游戏事，亦犹童。过饰边幅，二子辄匡救[6]之。

未几，夫人以老病卒，子欲为求继室于朱门。生曰：「待吾至河北来而后娶。」屈指已及约期，遂命仆马至河北。访之，果有卢户部。先是，卢公生一女，生而能言，长益慧美，父母最钟爱之。贵家委禽，女辄不欲，怪问之，具述生前约。共计其年，大笑曰：「痴婢！张郎计今年已半百，人事变迁，其骨已朽。纵其尚在，发童而齿豁矣。」女不听。母见其志不摇，与卢公谋，戒阍人勿通客，过期以绝其望。未几生至，阍人拒之，退返旅舍，怅恨无所为计。闲游郊郭，因循而暗访之。女谓生负约，涕不食。母言：「渠不来，必已殂谢。即不然，背盟之罪，亦不在汝。」女不语，但终日卧。卢患之，亦思一

《后汉书·光武帝纪》下：「文叔（刘秀字）少时谨信，与人不款曲。」

见生之为人，乃托游遨⑦，遇生于野。视之，少年也，讶之。班荆略谈，甚倜傥。公喜，邀至其家。方将探问，卢即遽起，嘱客暂独坐，匆匆入内告女。女喜，自力起，窥审其状不符，零涕而返，怨父欺罔。公力白其是，女无言，但泣不止。公出，意绪懊丧，对客殊不款曲⑧。生问：『贵族有为户部者乎？』公漫应之。首他顾，似不属客。生觉其慢，辞出。女啼数日而卒。

生夜梦女来，曰：『下顾者果君耶？年貌舛异，觌面遂致违隔。妾已忧愤死。烦向土地祠速招我魂，可得活，迟则无及矣。』既醒，急探卢氏之门，果有女亡二日矣。生大恸，进而吊诸其室，已而以梦告卢。卢从其言，招魂而归，启其衾，抚其尸，呼而祝之。俄闻喉中咯咯有声。忽见朱樱乍启，坠痰块如冰，扶移榻上，渐复吟呻。卢公悦，肃客出，置酒宴会。细展官阀，知其巨家，益喜，择吉成礼。居半月携女而归，卢送至家，半年乃去。夫妇居室俨如

小耦⑨，不知者多误以子妇为姑嫜者焉。卢公逾年卒。子最幼，为豪强所中伤，家产儿尽。生迎养之，遂家焉。

注释　①萧寺：寺庙的代称。唐李肇《国史补》：「梁武帝造寺，令萧子云飞白大书『萧寺』，至今一『萧』字存焉。」②三韩：指辽东。汉时，朝鲜南部有马韩、辰韩、弁韩三个古国。后习称辽东为三韩。③玉人：形容人容貌秀丽，晶莹如玉。④就窆：就地埋葬。窆，将棺木葬入墓穴。⑤就木：进棺材，老死。《左传·僖公二十三年》：「（重耳）将适齐，谓季隗曰：『待我二十五年，不来而后嫁。』对曰：『我二十五年矣，又如是而嫁，则就木焉！请待子。』」⑥匡救：扶正挽救。《孝经》：「匡救其恶。」⑦游遨：游玩散心。《诗·邶风·柏舟》：「微我无酒，以敖以游。」⑧款曲：殷勤地应酬。《后汉书·光武帝纪》下：「文叔（刘秀字）少时谨信，与人不款曲。」⑨小耦：少年夫妻。耦，配偶。

《汉书·董贤传》：（董贤）常与上卧起。尝昼寝，偏藉上袖，上欲起，贤未觉，不欲动贤，乃断袖而起。

黄九郎

何师参，字子萧，斋于苕溪之东，门临旷野。薄暮偶出，见妇人跨驴来，少年从其后。妇约五十许，意致清越；转视少年，年可十五六，丰采过于姝丽。何生素有断袖之癖①，睹之，神出于舍，翘足目送，影灭方归。

次日早伺之，落日冥蒙，少年始过。生曲意承迎，笑问所来。答以『外祖

家』。生请过斋少憩，辞以不暇，固曳之，乃入；略坐兴辞，坚不可挽。生挽手送之，殷嘱便道相过，少年唯唯而去。生由是凝思如渴，往来眺注，足无停趾。一日日衔半规，少年欻至，大喜要入，命馆童行酒。问其姓字，答曰：『黄姓，第九。童子无字。』问：『过往何频？』曰：『家慈在外祖家，常多病，故数省之。』酒数行，欲辞去；生捉臂遮留，下管钥。九郎无如何，赪颜复坐，挑灯共语，温若处子，而词涉游戏，便含羞面向壁。未几引与同衾，九郎不许，坚以睡恶为辞。强之再三，乃解上下衣，着裤卧床上。生灭烛，少时移与同枕，曲肘加髀而狎抱之，苦求私昵。九郎怒曰：『以君风雅士故与流连，乃此之为，是禽处而兽爱之也！』未几晨星荧荧，九郎径去。

生恐其遂绝，复伺之，蹀躞凝盼，目穿北斗。过数日九郎始至，喜逆谢过，强曳入斋，促坐笑语，窃幸其不念旧恶。无何，解屦登床，又抚哀之。九郎曰：『缠绵之意已镂肺膈，然亲爱何必在此？』生甘言纠缠，但求一亲玉肌，九郎从之。生俟其睡寐，潜就轻薄，九郎醒，揽衣遽起，乘夜遁去。生邑邑若有所失，忘啜废枕，日渐委悴，惟日使斋童逻侦焉。一日九郎过门即欲径去，童牵衣入之。见生清癯，大骇，慰问。生实告以情，泪涔涔随声零落。九郎细语曰：『区区之意，实以相爱无益于弟，而有害于兄，故不为也。君既乐之，仆何惜焉？』生大悦。九郎去后

黄九郎

休说狐绥事未扬，何生色胆太猖狂。安间值有分桃癖，盍使相逢黄九郎。

病顿减，数日平复。九郎果至，遂相缱绻。曰：『今勉承君意，幸勿以此为常。』既而曰：『欲有所求，肯为力乎？』问之，答曰：『母患心痛，惟太医齐野王先天丹可疗。君与善，当能求之。』生诺之，临去又嘱。生入城求药，及暮付之。九郎喜，上手[2]称谢。又强与合。九郎曰：『勿相纠缠。请为君图一佳人，胜弟万万矣。』生问：『谁何？』九郎曰：『有表妹美无伦，倘能垂意，当执柯斧。』生微笑不答，九郎怀药便去。

三日乃来，复求药。生恨其迟，词多诮让。九郎曰：『本不忍祸君，故疏之。既不蒙见谅，请勿悔焉。』由是燕会无虚夕。凡三日必一乞药，齐怪其频，曰：『此药未有过三服者，胡久不瘥？』因裹三剂并授之。又顾生曰：『君神色黯然，病乎？』曰：『无。』脉之，惊曰：『君有鬼脉，病在少阴[3]，不自慎者殆矣！』归语九郎。九郎叹曰：『良医也！我实狐，久恐不为君福。』生疑其诳，藏其药不以尽予，虑其弗至也。居无何，果病。延齐诊视，曰：『曩不实言，今魂气已游墟莽，秦缓[4]何能为力？』九郎日来省侍，曰：『不听吾言，果至于此！』生寻死，九郎痛哭而去。

先是，邑有某太史，少与生共笔砚，十七岁擢翰林。时秦藩贪暴，而赂通朝士，无有言者。公抗疏劾其恶，以越俎免。藩升是省中丞，日伺公隙。公少有英称，曾邀叛王青盼，因购得旧所往来札胁公，公惧，自经；夫人亦投缳死。公越宿忽醒，曰：『我何子萧也。』诘之，所言皆何家事，方悟其借躯返魂。留之不可，出奔旧舍。抚疑其诈，必欲排陷之，使人索千金于公。公伪诺，而忧闷欲绝。

忽通九郎至，喜共话言，悲欢交集，既欲复狎，九郎曰：『君有三命耶？』公曰：『余悔生劳，不如死逸。』因诉冤苦，九郎悠忧以思，少间曰：

『幸复生聚。君旷无偶，前言表妹慧丽多谋，必能分忧。』公欲一见颜色。曰：『不难。明日将取伴老母，此道所经，君伪为弟也兄者，我假渴而求饮焉，君曰「驴子亡」，则诺也。』计已而别。明日亭午，九郎果从女郎经门外过，公拱手絮絮与语，略睨女郎，娥眉秀曼，诚仙人也。九郎索茶，公请入饮。九郎曰：『三妹勿讶，此兄盟好，不妨少休止。』扶之而下，系驴于门而入。公自起瀹茗，因目九郎曰：『君前言不足以尽。今得死所矣！』女似悟其言之为己者，离榻起立，嘤喔而言曰：『去休！』公外顾曰：『驴子其亡！』九郎火急驰出。公拥女求合。女颜色紫变，窘若囚拘，大呼九兄，不应。曰：『君自有妇，何丧人廉耻也？』公自陈无室。女曰：『能矢山河，勿令秋扇见捐，则惟命是听。』公乃誓以皦日。女不复拒。事已，九郎至，女色然怒让之。九郎曰：『此何子萧，昔之名士，今之太史。与兄最善，其人可依。即闻诸妗氏，当不相见罪。』日向晚，公邀遮不听去，女恐姑母骇怪，九郎锐身自任，跨驴径去。居数日，有妇携婢过，年四十许，神情意致雅似三娘。公呼女出窥，果母也。瞥睹女，怪问：『何得在此？』女惭不能对。公邀入，拜而告之。母笑曰：『九郎雅气，胡再不谋？』女自入厨下，设食供母，食已乃去。公得丽偶颇快心期，而恶绪萦怀，恒蹙蹙有忧色。女问之，公缅述颠末。女笑曰：『此九兄一人可得解，君何忧？』公诘其故，女曰：『闻抚公溺声歌而比顽童[5]，此皆九兄所长也。投所好而献之，怨可消，仇亦可复。』公虑九郎不肯，女曰：『但请哀之。』越日公见九郎来，肘行而逆之，九郎惊曰：『两世之交，但可自效，顶踵所不敢惜，何忽作此态向人？』公具以谋告，九郎有难色。女曰：『妾失身于郎，谁实为之？脱令中途雕丧，焉置妾也？』九郎不得已，诺之。

公阴与谋，驰书与所善之王太史，而致九郎焉。王会其意，大设，招抚公饮。命九郎饰女郎，作天魔舞⑥，宛然美女。抚惑之，亟请于王，欲以重金购九郎，惟恐不得当。王故沉思以难之。迟之又久，始将公命以进。抚喜，前隙顿释。自得九郎，动息不相离，侍妾十余视同尘土。九郎饮食供具如王者，赐金万计。半年抚公病，九郎知其去冥路近也，遂辇金帛，假归公家。既而抚公薨，九郎出资，起屋置器，畜婢仆，母子及妗并家焉。九郎出，舆马甚都，人不知其狐也。余有『笑判』，并志之：男女居室，为夫妇之大伦；燥湿互通，乃阴阳之正窍。迎风待月，尚有荡检之讥；断袖分桃，难免掩鼻之丑。人必力士，鸟道乃敢生开；洞非桃源，渔篙宁许误入？今某从下流而忘返，舍正路而不由。云雨未兴，辄尔上下其手；阴阳反背，居然表里为奸。华池置无用之乡，谬说老僧入定；蛮洞乃不毛之地，遂使眇帅称戈。系赤兔于辕门，

如将射戟；探大弓于国库，直欲斩关。或是监内黄腴，访知交于昨夜；分明王家朱李，索钻报于来生。彼黑松林戎马顿来，固相安矣；设黄龙鳣府潮水忽至，何以御之？宜断其钻刺之恨，兼塞其送迎之路。

注释 ①断袖之癖：指宠爱男宠。《汉书·董贤传》：『（董贤）常与上卧起。尝昼寝，偏藉上袖，上欲起，贤未觉，不欲动贤，乃断袖而起。』②上手：拱手，表示致谢。③少阴：人体经络名，即肾经。④秦缓：春秋时秦国的著名医生，名缓，曾奉命为晋景公治病。⑤顽童：娈童，旧时被当作女子供人玩弄的美男。⑥天魔舞：元顺帝时的一种宫廷舞蹈，亦称『天子魔』。

连琐

杨于畏移居泗水之滨，斋临旷野，墙外多古墓，夜闻白杨萧萧，声如涛涌。夜阑秉烛，方复凄断，忽墙外有人吟曰：『玄夜凄风却倒吹，流萤惹草复沾帏。』反复吟诵，其声哀楚。听之，细婉似女子。疑之。明日视墙外并无人迹，惟有紫带一条遗荆棘中，拾归置诸窗上。向夜二更许，又吟如昨。杨移

杌①登望，吟顿辍。悟其为鬼，然心向慕之。

次夜，伏伺墙头，一更向尽，有女子珊珊②自草中出，手扶小树，低首哀吟。杨微嗽，女忽入荒草而没。杨由是伺诸墙下，听其吟毕，乃隔壁而续之曰：『幽情苦绪何人见？翠袖单寒月上时。』久之寂然，杨乃入室。方坐，忽见丽者自外来，敛衽曰：『君子固风雅士，妾乃多所畏避。』杨喜，拉坐。瘦怯凝寒，若不胜衣，问：『何居里，久寄此间？』答曰：『妾陇西人，随父流寓。十七暴疾殂谢，今二十余年矣。九泉荒野，孤寂如鹜。所吟乃妾自作以寄幽恨者，思久不属，蒙君代续，欢生泉壤。』杨欲与欢，蹙然曰：『夜台朽骨不比生人，如有幽欢，促人寿数，妾不忍祸君子也。』杨乃止。戏以手探胸，则鸡头之肉③，依然处子。又欲视其裙下双钩。女俯首笑曰：『狂生太罗唣矣！』杨把玩之，则见月色锦袜，约彩线一缕；更视其一，则紫带系之。问：『何不俱带？』曰：『昨宵畏君而避，不知遗落何所。』杨曰：『为卿易之。』遂即窗上取以授女。女惊问何来，因以实告。女乃去线束带。既翻案上书，忽见《连昌宫词》，慨然曰：『妾生时最爱读此。今视之殆如梦寐！』与谈诗文，慧黠可爱，剪烛西窗，如得良友。自此每夜但闻微吟，少顷即至。辄嘱曰：『君秘勿宣。妾少胆怯，恐有恶客见侵。』杨诺之。两人欢同鱼水，虽不至乱，而闺阁之中，诚有甚于画眉

连琐

荒草垂杨衣色昏
吟怀悲楚月无痕
十年一觉泉台梦
何必真人始返魂
连琐

者。女每于灯下为杨写书，字态端媚。又自选宫词百首，录诵之。使杨治棋枰，购琵琶，每夜教杨手谈④。不则挑弄弦索，作『蕉窗零雨』之曲，酸人胸臆；杨不忍卒听，则为『晓苑莺声』之调，顿觉心怀畅适。挑灯作剧，乐辄忘晓，视窗上有曙色，则张皇遁去。

一日薛生造访，值杨昼寝。视其室，琵琶、棋枰俱在，知非所善。又翻书得宫词，见字迹端好，益疑之。杨醒，薛问：『戏具何来？』答：『欲学之。』又问诗卷，托以假诸友人。薛反复检玩，见最后一叶细字一行云：『某月日连琐书。』笑曰：『此是女郎小字，何相欺之甚？』杨大窘，不能置词。薛诘之益苦，杨不以告。薛卷挟，杨益窘，遂告之。薛求一见，杨因述所嘱。薛仰慕殷切，杨不得已，诺之。夜分女至，为致意焉。女怒曰：『所言伊何？乃已喋喋向人！』杨以实情自白，女曰：『与君缘尽矣！』杨百词慰解，终不欢，起而别去，曰：『妾暂避之。』明日薛来，杨代致其不可。薛疑支托，暮与窗友二人来，淹留不去，故挠之，恒终夜哗，大为杨生白眼，而无如何。众见数夜杳然，寝有去志，喧嚣渐息。忽闻吟声，共听之，凄婉欲绝。薛方倾耳神注，内一武生王某，掇巨石投之，大呼曰：『作态不见客，那甚得好句。呜呜恻恻，使人闷损！』吟顿止，众甚怨之，杨恚愤见于词色。次日始共引去。杨独宿空斋，冀女复来而殊无影迹。逾二日女忽至，泣曰：『君致恶宾，几吓煞妾！』杨谢过不遑，女遽出，曰：『妾固谓缘分尽也，从此别矣。』挽之已渺。由是月余，更不复至。杨思之，形销骨立，莫可追挽。一夕方独酌，忽女子搴帏入。杨喜极，曰：『卿见宥耶？』女涕垂膺，默不一言。亟问之，欲言复忍，曰：『负气去，又急而求人，难免愧恧。』杨再三研诘，乃曰：『不知何处来一龌龊隶，逼充媵妾。顾念清白裔，岂屈身舆台⑤之鬼？然一线弱质乌

④《世说新语·巧艺》：王中郎（坦之）以围棋是坐隐，支公（遁）以围棋为手谈。

⑤《左传·昭公七年》：士臣皂，皂臣舆，舆臣隶，隶臣僚，僚臣仆，仆臣台。

能抗拒？君如齿妾在琴瑟之数，必不听自为生活。』杨大怒，愤将致死，但虑人鬼殊途，不能为力。女曰：『来夜早眠，妾邀君梦中耳。』于是复共倾谈，坐以达曙。

女临去嘱勿昼眠，留待夜约。杨诺之，因于午后薄饮，乘醺登榻，蒙衣偃卧。忽见女来，授以佩刀，引手去。至一院宇，方阖门语，闻有人石挝门。女惊曰：『仇人至矣！』杨启户骤出，见一人赤帽青衣，猬毛绕喙。怒咄之。隶横目相仇，言词凶谩。杨大怒，奔之。隶捉石以投，骤如急雨，中杨腕，不能握刃。方危急间，遥见一人，腰矢野射。审视之，王生也。大号乞救。王生张弓急至，射之中股；再射之，殪。杨喜感谢，王问故，具告之。王自喜前罪可赎，遂与共入女室。女战惕羞缩，遥立不作一语。案上有小刀长仅尺余，而装以金玉，出诸匣，光芒鉴影。王叹赞不释手，与杨略话。见女惭惧可怜，乃出，分手去。杨亦自归，越墙而仆，于是惊寤，听村鸡已乱鸣矣。觉腕中痛甚；晓而视之，则皮肉赤肿。亭午王生来，便言夜梦之奇。杨曰：『未梦射否？』王怪其先知。杨出手示之，且告以故。王忆梦中颜色，恨不真见。自幸有功于女，复请先容。夜间，女来称谢。杨归功王生，遂达诚恳。女曰：『将伯之助，义不敢忘，然彼赳赳，妾实畏之。』既而曰：『彼爱妾佩刀，刀实妾父出使粤中，百金购之。妾爱而有之，缠以金丝，瓣以明珠。大人怜妾夭亡，用以殉葬。今愿割爱相赠，见刀如见妾也。』次日杨致此意，王大悦。至夜女果携刀来，曰：『嘱伊珍重，此非中华物也。』由是往来如初。

积数月，忽于灯下笑而向杨，似有所语，面红而止者三。生抱问之，答曰：『久蒙眷爱，妾受生人气，日食烟火，白骨顿有生意。但须生人精血，可以复活。』杨笑曰：『卿自不肯，岂我故惜之？』女云：『交接后，君必有念

余日大病，然药之可愈。』遂与为欢。既而着衣起，又曰：『尚须生血一点，能拚痛以相爱乎？』杨取利刃刺臂出血，女卧榻上，便滴脐中。乃起曰：『妾不来矣。君记取百日之期，视妾坟前有青鸟⑥鸣于树头，即速发冢。』杨谨受教。出门又嘱曰：『慎记勿忘，迟速皆不可！』乃去。

越十余日，杨果病，腹胀欲死。医师投药，下恶物如泥，浃辰⑦而愈。计至百日，使家人荷锸以待。日既夕，果见青鸟双鸣。杨喜曰：『可矣！』乃斩荆发圹，见棺木已朽，而女貌如生。摩之微温。蒙衣舁归置暖处，气咻咻然，细于属丝。渐进汤酏，半夜而苏。每谓杨曰：『二十余年如一梦耳。』

王阮亭曰：『结尽而不尽，甚妙。』

注释 ①杌：坐具，短凳。②珊珊：形容女子缓步行进。③鸡头之肉：喻指女子的乳头。鸡头，为芡实的别名。《开元天宝遗事》：『软温新剥鸡头肉。』④手谈：下围棋。《世说新语·巧艺》：『王中郎（坦之）以围棋是坐隐，支公（遁）以围棋为手谈。』⑤舆台：古代两个低微等级的名称。《左传·昭公七年》：『士臣皂，皂臣舆，舆臣隶，隶臣僚，僚臣仆，仆臣台。』⑥青鸟：相传是西王母的使者，后代指信使。⑦浃辰：十二天。我国古代以干支纪日，称自子至亥十二日为『浃辰』。浃，周匝。辰，日。

夜叉国

交州徐姓，泛海为贾，忽被大风吹去。开眼至一处，深山苍莽。冀有居人，遂缆船而登，负糗腊①焉。方入，见两崖皆洞口，密如蜂房，内隐有人声。至洞外伫足一窥，中有夜叉二，牙森列戟，目闪双灯，爪劈生鹿而食。惊散魂魄，急欲奔下，则夜叉已顾见之，辍食执入。二物相语，如鸟兽鸣，争裂徐衣，似欲啖啖。徐大惧，取橐中糗，并牛脯进之。分啖甚美。复翻徐橐，徐摇手以示其无，夜叉怒，又执之。徐哀之曰：『释我。我舟中有釜甑可烹饪。』夜叉不解其语，仍怒。徐再与手语，夜叉似微解。从至舟，取具入洞，束薪燃火，煮其残鹿，熟而献之。二物啖之喜。夜以巨石杜门，似恐徐遁，徐曲体遥卧，深惧不免。天明二物出，又杜之。少顷携一鹿来付徐，徐剥革，于深洞处取流水，汲煮数釜。俄有数夜叉至，群集吞啖讫，共指釜，似嫌其小。

过三四日，一夜叉负一大釜来，似人所常用者。于是群夜叉各致狼麋。既熟，呼徐同啖。居数日，夜叉渐与徐熟，出亦不施禁锢，聚处如家人。徐渐能察声知意，辄效其音，为夜叉语。夜叉益悦，携一雌来妻徐。徐初畏惧莫敢伸，雌自开其股就徐，徐乃与交，雌大欢悦。每留肉饵徐，若琴瑟之好。

一日诸夜叉早起，项下各挂明珠一串，更番出门，若伺贵客状。命徐多煮肉，徐以问雌，雌云：『此天寿节②。』雌出谓众夜叉曰：『徐郎无骨突子③。』众各摘其五，并付雌。雌又自解十枚，共得五十之数，以野苎为绳，穿挂徐项。徐视之，一珠可直百十金。俄顷俱出。徐煮肉毕，雌来邀去，云：『接天王。』至一大洞广阔数亩，中有石滑平如几，四圈俱有石坐，上一坐蒙一豹革，余皆以鹿。夜叉二三十辈，列坐满中。少顷，大风扬尘，张皇都出。见一巨物来，亦类夜叉状，竟奔入洞，踞坐鹗顾。群随入，东西列立，悉仰其首，以双臂作十字交。大夜叉按头点视。问：『卧眉山众尽于此乎？』群哄应之。顾徐曰：『此何来？』雌以『婿』对，众又赞其烹调。即有二三夜叉，奔取熟肉陈几上，大夜叉掬啖尽饱，极赞嘉美，且责常供。又顾徐云：『骨突子何短？』众曰：『初来未备。』物于项上摘取珠串，脱十枚付之，俱大如指顶，圆如弹丸，雌急接代徐穿挂，徐亦交臂作夜叉语谢之。物乃去，蹑风而行，其疾如飞。众始享其

夜叉國

深山蒼莽少人蹤，習俗幾疑類毒龍。不是徐生還故國，安知海外卧眉峯。

余食而散。

居四年余，雌忽产，一胎而生二雄一雌，皆人形不类其母。众夜叉皆喜其子，辄共拊弄。一日皆出攫食，惟徐独坐，忽别洞来一雌欲与徐私，徐不肯。夜叉怒，扑徐踣地上。徐妻自外至，暴怒相搏，龁断其耳。少顷其雄亦归，解释令去。自此雌每守徐，动息不相离。又三年，子女俱能行步，徐辄教以人言，渐能语，啁啾之中有人气焉，虽童也，而奔山如履坦途，与徐依依有父子意。

一日雌与一子一女出，半日不归，而北风大作。徐恻然念故乡，携子至海岸，见故舟犹存，谋与同归。子欲告母，徐止之。父子登舟，一昼夜达交。至家妻已醮。出珠二枚，售金盈兆，家颇丰。子取名彪，十四五岁，能举百钧，粗莽好斗。交帅见而奇之，以为千总④。值边乱，所向有功，十八为副将。

时一商泛海，亦遭风，飘至卧眉，方登岸，见一少年，视之而惊。知为中国人，便问居里。商以告。少年曳入幽谷一小石洞，洞外皆丛棘，且嘱勿出。去移时，挟鹿肉来啖商。自言：『父亦交人。』商问之，而知为徐，商在客中尝识之。因曰：『我故人也。今其子为副将。』少年不解何名。商曰：『此中国之官名。』又问：『何以为官？』曰：『出则舆马，入则高堂，上一呼而下百诺，见者侧目视⑤，侧足立，此名为官。』少年甚歆动。商曰：『既尊君在交，何久淹此？』少年以情告。商劝南旋，曰：『余亦常作是念。但母非中国人，言貌殊异，且同类觉之必见残害，用是辗转。』乃出曰：『待北风起，我来送汝行。烦于父兄处，寄一耗问。』商伏洞中几半年。时自棘中外窥，见山中辄有夜叉往还，大惧，不敢少动。一日北风策策，少年忽至，引与急窜。嘱曰：『所言勿忘却。』商应之。又以肉置几上，商乃归。

径抵交，达副总府，备述所见。彪闻而悲，欲往寻之。父虑海涛妖薮，险恶难犯，力阻之。彪抚膺痛哭，父不能止。乃告交帅，携两兵至海内。逆风阻舟，摆簸海中者半月。四望无涯，咫尺迷闷，无从辨其南北。忽而涌波接汉，乘舟倾覆，彪落海中，逐浪浮沉。久之被一物曳去，至一处竟有舍宇。彪视之，一物如夜叉状。彪乃作夜叉语，夜叉惊讯之，彪乃告以所往。夜叉喜曰：『卧眉我故里也，唐突可罪！君离故道已八千里。此去为毒龙国，向卧眉非路。』乃觅舟来送彪。夜叉在水中推行如矢，瞬息千里，过一宵已达北岸，见一少年临流瞻望。彪知山无人类，疑是弟，近之，果弟，因执手哭。既而问母及妹，并云健安。彪欲偕往，弟止之，仓忙便去。回谢夜叉，则已去。未几母妹俱至，见彪俱哭。彪告其意，母曰：『恐去为人所凌。』彪曰：『儿在中国甚荣贵，人不敢欺。』归计已决，苦逆风难度。母子方徊徨间，忽见布帆南动，其声瑟瑟。彪喜曰：『天助吾也！』相继登舟，波如箭激，三日抵岸，见者皆奔。彪向三人脱分袍裤。抵家，母夜叉见翁怒骂，恨其不谋，徐谢过不遑。家人拜见家主母，无不战栗。彪劝母学作华言，衣锦，厌粱肉，乃大欣慰。母女皆男儿装，类满制。数月稍辨语言，弟妹亦渐白皙。

弟曰豹，妹曰夜儿，俱强有力。彪耻不知书，教弟读，豹最慧，经史一过辄了。又不欲操儒业，仍使挽强弩，驰怒马，登武进士第，聘阿游击女。夜儿以异种无与为婚。会标下⑥袁夺备失偶，强妻之。夜儿开百石弓，百余步射小鸟，无虚落。袁每征辄与妻俱，历任同知将军，奇勋半出于闺门。豹三十四岁挂印，母尝从之南征，每临巨敌，辄擐甲执锐为子接应，见者莫不辟易。诏封男爵。豹代母疏辞，封夫人。

异史氏曰：夜叉夫人，亦所罕闻，然细思之而不罕也。家家床头有个夜

叉在。

注释 ①糗腊：干粮和干肉。糗，用炒熟的米麦制成的细粉。腊，晒干的肉脯。②天寿节：封建帝王的生日，此处指夜叉王的生日。③骨突子：指夜叉们佩戴的珠串。骨突子，朝廷仪仗中的金瓜，与圆形的珍珠形状相似，所以夜叉们称之为骨突子。④千总：明代武官名。⑤侧目视：侧足站立，形容非常害怕不敢正视，也不敢对面站立。⑥标下：即麾下。标，清代军制督抚等管辖的绿营兵。

连城

乔生，晋宁人，少负才名。年二十余，犹偃蹇，为人有肝胆。与顾生善，顾卒，时恤其妻子。邑宰以文相契重，宰终于任，家口淹滞不能归，生破产扶柩，往返二千余里。以故士林益重之，而家由此益替。

史孝廉有女字连城，工刺绣，知书，父娇爱之。出所刺《倦绣图》，征少年题咏，意在择婿。生献诗云：『慵鬟高髻绿婆娑，早向兰窗绣碧荷。刺到鸳鸯魂欲断，暗停针线蹙双蛾。』又赞挑绣之工云：『绣线挑来似写生，幅中花鸟自天成。当年织锦非长技，幸把回文感圣明。』女得诗喜，对父称赏，父贫之。女逢人辄称道，又遣媪娇父命，赠金以助灯火。生叹曰：『连城我知己也！』倾怀结想，如饥思啖。

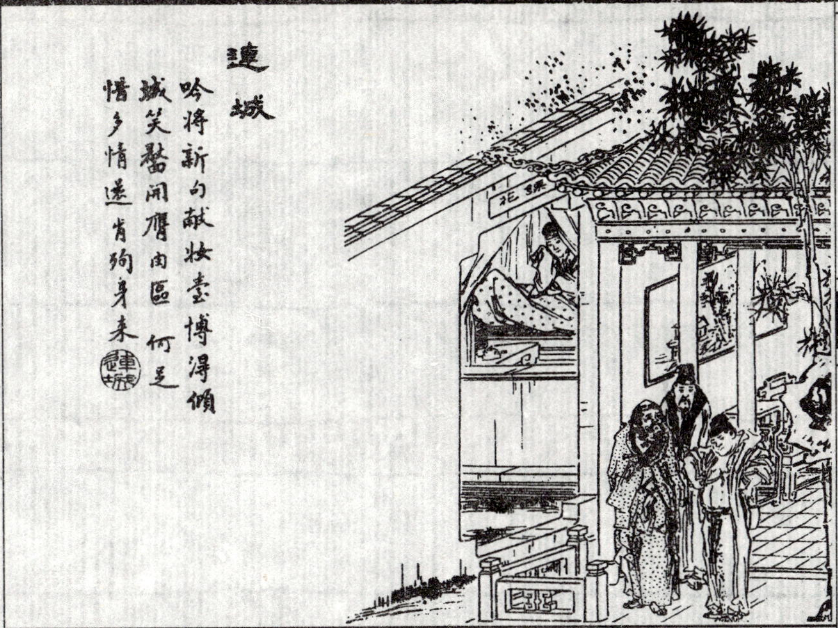

无何，女许字于鹾贾之子王化成，生始绝望，然梦魂中犹佩戴之。未几女病瘵沉痼不起，有西域头陀自谓能疗，但须男子膺肉一钱，捣合药屑。史使人诣王家告婿，婿笑曰：『痴老翁，欲我剜心头肉也！』使返。史乃言于人曰：『有能割肉者妻之。』生闻而往，自出白刃，膺授僧。血濡袍裤，僧敷药始止。

連城

吟将新句献妆台博得倾城笑靨开脣肉區何足惜多情遂肯殉身来

合药三丸，三日服尽，疾若失。史将践其言，先告王。王怒，欲讼官。史乃设筵招生，以千金列几上。曰：『重负大德，请以相报。』因具白背盟之由。生怫然曰：『仆所以不爱膺肉者，聊以报知己耳。岂货肉哉！』拂袖而归。女闻之，意良不忍，托媪慰谕之，且云：『以彼才华，当不久落。天下何患无佳人？我梦不详，三年必死，不必与人争此泉下物①也。』生告媪曰：『「士为知己者死」，不以色也。诚恐连城未必真知我，但得真知我，不谐何害？』媪代女郎矢诚自剖。生曰：『果尔，相逢时当为我一笑，死无憾！』媪既去。逾数日生偶出，遇女自叔氏归，睨之，女秋波转顾，启齿嫣然。生大喜曰：『连城真知我者！』

会王氏来议吉期②，女前症又作，数月寻死。生往临吊③，一痛而绝。史异送其家。生自知已死，亦无所戚，出村去，犹冀一见连城。遥望南北一道，

行人连绪如蚁，因亦混身杂迹其中。俄顷入一廨署值顾生，惊问：『君何得来？』即把手将送令归。生太息言：『心事殊未了。』顾曰：『仆在此典牍，颇得委任，倘可效力，不惜也。』生问连城，顾即导生旋转多所，见连城与一白衣女郎，泪睫惨黛，藉坐廊隅。见生至，骤起似喜，略问所来。生曰：『卿死，仆何敢生！』连城泣曰：『如此负义人，尚不吐弃之，身殉何为？然已不能许君今生，愿矢来世耳。』生告顾曰：『有事君自去，仆乐死不愿生矣。但烦稽连城托生何里，行与俱去耳。』顾诺而去。白衣女郎问生何人，连城为缅述之，女郎闻之，若不胜悲。连城告生曰：『此妾同姓，小字宾娘，长沙史太守女。一路同来，遂相怜爱。』生视之，意态怜人。方欲研问，而顾已返，向生贺曰：『我为君平章已确，即教小娘子从君返魂，好否？』两人各喜。方将拜别，宾娘大哭曰：『姊去，我安归？乞垂怜救，妾为姊捧帨耳。』连城凄

然，无所为计，转谋生。生又哀顾，顾难之，峻辞以为不可，生固强之。乃曰：「试妾为之。」去食顷而返，摇手曰：「何如！诚万分不能为力矣！」宾娘闻之，宛转娇啼，惟依连城肘下，恐其即去。惨怛无术，相对默默，而睹其愁颜戚容，使人肺腑酸柔。顾生愤然曰：「请携宾娘去，脱有愆尤，小生拚身受之！」宾娘乃喜从生出，生忧其道远无侣。宾娘曰：「妾从君去，不愿归也。」生曰：「卿大痴矣！不归，何以得活也？他日至湖南勿复走避，为幸多矣。」适有两媪摄牒赴长沙，生属宾娘，泣别而去。

途中，连城行蹇缓，里余辄一息，凡十余息始见里门。连城曰：「重生后，惧有反覆，请索妾骸骨来，妾以君家生，当无悔也。」生然之。偕归生家。女惕惕[4]若不能步，生伫待之。女曰：「妾至此，四肢摇摇，似无所主。志恐不遂，尚宜审谋，不然生后何能自由？」相将入侧厢中。默定少时，连城笑曰：「君憎妾耶？」生惊问其故。赧然曰：「恐事不谐，重负君矣。请先以鬼报也。」生喜，极尽欢恋。因徘徊不敢遽生，寄厢中者三日。连城曰：「谚有之：「丑妇终须见姑嫜。」戚戚于此，终非久计。」乃促生入，才至灵寝[5]，豁然顿苏。家人惊异，进以汤水。生乃使人要史来，请得连城之尸，自言能活之。史喜，从其言。方舁入室，视之已醒。告父曰：「儿已委身乔郎矣，更无归理。如有变动，但仍一死！」史归，遣婢往役给奉。王闻，具词申理，官受赂，判归王。生愤懑欲死，亦无奈之。连城至王家，忿不饮食，惟乞速死，室无人，则带悬梁上。越日，益惫，殆将奄逝，王惧，送归史；史复舁归生。王知之亦无如何，遂安焉。连城起，每念宾娘，欲遣信探之，以道远而艰于往。一日家人进曰：「门有车马。」夫妇出视，则宾娘已至庭中矣。相见悲喜。太守亲诣送女，生延入。太守曰：「小女子赖君复生，誓不他适，今从其志。」

生叩谢如礼。孝廉亦至，叙宗好焉。生名年，字大年。

注释 ①泉下物：指死人。此处指自己活不了多长时间了。②吉期：完婚的日期。③临吊：哭吊。临，为死者哭。吊，慰问死者的亲戚。④惕惕：忧愁恐惧的样子。⑤灵寝：灵床。

小二

滕邑赵旺夫妻奉佛，不茹荤血，乡中有『善人』之目。家称小有。一女小二绝慧美，赵珍爱之。年六岁，使与兄长春并从师读，凡五年而熟五经焉。同窗丁生字紫陌，长于女三岁，文采风流，颇相倾爱。私以意告母，求婚赵氏。赵期以女字大家，故弗许。

未几，赵惑于白莲教，徐鸿儒既反，一家俱陷为贼。小二知书善解，凡纸兵豆马之术一见辄精。小女子师事徐者六人，惟二称最，因得尽传其术。赵以女故，大得委任。时丁年十八，游滕泮矣，而不肯论婚，意不忘小二也，潜亡去投徐麾下。女见之喜，优礼逾于常格。女以徐高足主军务，昼夜出入，父母不得闲。丁每宵见，尝斥绝诸役，辄至三漏。丁私告曰：『小生此来，卿知区区之意否？』女云：『不知。』丁曰：『我非妄意攀龙，所以故，实为卿耳。左道无济，止取灭亡。卿慧人不念此乎？能从我亡，则寸心诚不负矣。』女怃然为间，豁然梦觉，曰：『背亲而行不义，请告。』二人入陈利害，赵不悟，

小二

全凭片语指迷津自是聪明绝世人鄴里休惊多异術白蓮花現女兒身

曰：「我师神人，岂有舛错？」

女知不可谏，乃易髻而髻①。出二纸鸢②，与丁各跨其一，鸢肃肃展翼，似鹣鹣③之鸟，比翼而飞。质明，抵莱芜界。女以指拈鸢项，忽即敛堕，遂收鸢。更以双卫，驰至山阴里，托为避乱者，僦屋而居。二人草草出，啬于装，薪储不给，丁甚忧之。假粟比舍，莫肯贷以升斗。女无愁容，但质簪珥。闭门静对，猜灯谜，忆亡书，以是角低昂，负者骈二指击腕臂焉。

西邻翁姓，绿林之雄也。一日猎归，女曰：「富以其邻，我何忧？暂假千金，其与我乎！」丁以为难。女曰：「我将使彼乐输也。」乃剪纸作判官状，置地下，覆以鸡笼。然后握丁登榻，煮藏酒，检《周礼》为觞政，任言是某册第几叶第几人，即共翻阅。其人得食旁、水旁、酉旁者饮，得酒部者倍之。既而女适得「酒人」，丁以巨觥引满促釂。女乃祝曰：「若借得金来，君当得饮部。」丁翻卷，得「鳖人」。女大笑曰：「事已谐矣！」滴漉授爵。丁不服。女曰：「君是水族，宜作鳖饮。」方喧竞所，闻笼中戛戛，女起曰：「至矣。」启笼验视，则布囊中有巨金累累充溢。丁不胜愕喜。后翁家媪抱儿来戏，窃言：「主人初归，篝灯夜坐。地忽暴裂，深不可底。一判官自内出，言：『我地府司隶也。太山帝君会诸冥曹，造暴客恶录，须银灯千架，架计重十两。施百架，则消灭罪愆。』主人骇惧，焚香叩祷，奉以千金。判官荏苒而入，地亦遂合。」夫妻听其言，故啧啧诧异之。

而从此渐购牛马，蓄厮婢，自营宅第。里无赖子窥其富，纠诸不逞，逾垣劫丁。丁夫妇始自梦中醒，则编菅炸照，寇集满屋。二人执丁，又一人探手女怀。女袒而起，戟指而呵曰：「止，止！」盗十三人皆吐舌呆立，痴若木偶。女始着裤下榻，呼集家人，一一反接其臂，逼令供吐明悉。乃责之曰：「远方

《尔雅·释地》：南方有比翼鸟焉，不比不飞，其名谓之鹣鹣。

人埋头涧谷，冀得相扶持，何不仁至此！缓急人所时有，窘急者不妨明告，我岂积殖自封者哉？豺狼之行本合尽诛，但吾所不忍，姑释去，再犯不宥！』诸盗叩谢而去。居无何鸿儒就擒，赵夫妇妻子俱被夷诛。生赍金往赎长春之幼子以归。儿时三岁，养为己出，使从姓丁，名之承祧。于是里中人渐知为白莲教戚裔。适蝗害稼，女以纸鸢数百翼放田中，蝗远避，不入其陇，以是得无恙。里人共嫉之，群首于官，以为鸿儒余党。官啖其富，肉视之，收丁；丁以重赂啖令，始得免。

女曰：『货殖之来也苟，固宜有散亡。然蛇蝎之乡不可久居。』因贱售其业而去之，止于益都之西鄙。女为人灵巧，善居积，经纪过于男子。尝开琉璃厂，每进工人而指点之。一切棋灯，其奇式幻采，诸肆莫能及，以故直昂得速售。居数年财益称雄。而女督课婢仆严，食指数百无冗口。暇辄与丁烹茗着棋，或观书史为乐。钱谷出入以及婢仆业，凡五日一课，妇自持筹，丁为之点籍唱名数焉。勤者赏赍有差，惰者鞭挞罚膝立。是日，给假不夜作，夫妻设肴酒，呼婢辈度俚曲为笑。女明察如神，人无敢欺。而赏辄浮于其劳，故事易办。村中二百余家，凡贫者俱量给资本，乡以此无游惰。值大旱，女令村人设坛于野，乘舆野出，禹步[4]作法，甘霖倾注，五里内悉获沾足。人益神之。女出未尝障面，村人皆见之，或少年群居，私议其美，及觌面[5]逢之，俱肃肃无敢仰视者。每秋日，村中童子不能耕作者，授以钱，使采荼蓟，几二十年，积满楼屋。人窃非笑之。会山左大饥，人相食。女乃出菜杂粟赡饥者，近村赖以全活，无逃亡焉。

异史氏曰：二所为殆天授，非人力也。然非一言之悟，骈死已久。由是观之，世抱非常之才，而误入匪僻以死者当亦不少，焉知同学六人中，遂无其

人乎？使人恨不为丁生耳。

注释 ①易髻而髻：指已经出嫁。髻，古时未成年男女披垂的头发。②纸鸢：风筝的通称。鸢，鹞鹰。③鹣鹣：比翼鸟。《尔雅·释地》：『南方有比翼鸟焉，不比不飞，其名谓之鹣鹣。』④禹步：巫师、道士在祷神仪礼中常用的一种步法动作。传为夏禹所创，故称禹步。⑤觌面：当面。

《诗·周南·关雎》：窈窕淑女，君子好逑。

庚娘

金大用，中州旧家子也。聘尤太守女，字庚娘，丽而贤，逑好甚敦①。以流寇之乱，家人离逖，金携家南窜。途遇少年，亦偕妻以逃者，自言广陵王十八，愿为前驱。金喜，行止与俱。至河上，女隐告金曰：『勿与少年同舟，彼屡顾我，目动而色变，中叵测也。』金诺之。王殷勤觅巨舟，代金运装，劬劳②臻至，金不忍却。又念其携有少妇，应亦无他。妇与庚娘同居，意度亦颇温婉。王坐舡头上与橹人倾语，似甚熟识戚好。未几日落，水程迢递，漫漫不辨南北。金四顾幽险，颇涉疑怪。顷之，皎月初升，见弥望皆芦苇。既泊，王邀金父子出户一豁，乃乘间挤金入水；金有老父，见之欲号，舟人以篙筑之，亦溺；生母闻声出窥，又筑溺之。王始喊救。母出时，庚娘在后，已微窥之。既闻一家尽溺，即亦不惊，但哭曰：『翁姑俱没，我安适归！』王入劝：『娘子勿忧，请从我至金陵，家中田庐颇足，保无虞③也。』女收涕曰：『得如此，愿亦足矣。』王大悦，给奉良殷。既暮，曳女求欢，女托体，王乃就妇宿。

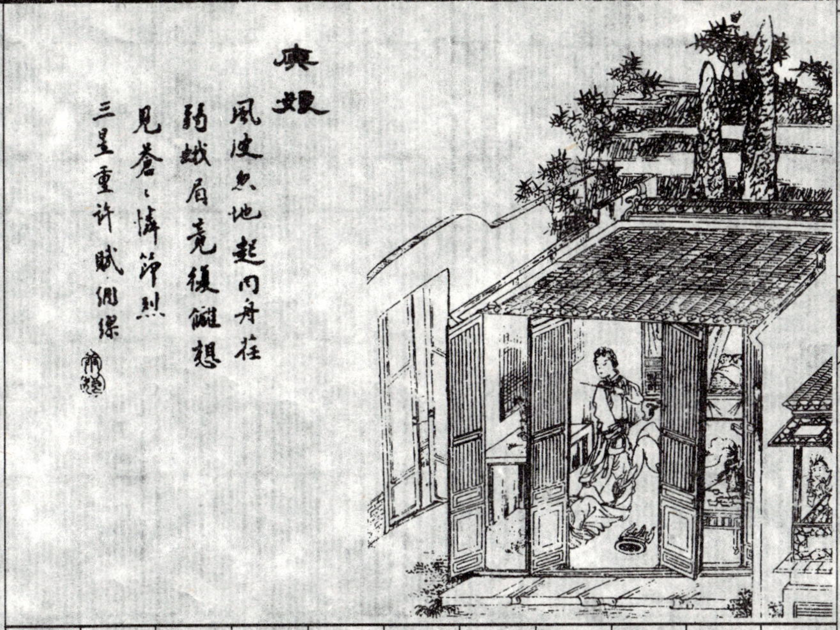

庚娘
風波忽地起同舟，在劫蛾眉竟復讎，想見蒼蒼憐節烈，三星重許賦綢繆

初更既尽，夫妇喧竞，不知何由。但闻妇曰：『若所为，雷霆恐碎汝颅矣！』王乃挞妇。妇呼云：『便死休！诚不愿为杀人贼妇！』王吼怒，捽妇出。便闻骨董一声，遂哗言妇溺矣。未几抵金陵，导庚娘至家，登堂见媪，媪讶非故妇。王言：『妇堕水死，新娶此耳。』归房，又欲犯。庚娘笑曰：『三十许男子，尚未经人道④耶？市儿初合卺亦须一杯薄浆酒，汝家沃饶，当即不难。清醒相对，是何体段⑤？』王喜，具酒对酌。庚娘执爵，劝酬殷恳。王渐醉，辞不饮。庚娘引巨碗，强媚劝之，王不忍拒，又饮之。于是酣醉，裸脱促寝。庚娘撤器灭烛，托言溲溺，出房，以刀入，暗中以手索王项，王犹捉臂作昵声。庚娘力切之，不死，号而起；又挥之，始殪。媪仿佛有闻，趋问之，女亦杀之。王弟十九觉焉。庚娘知不免，急自刎，刀钝不可入，启户而奔，十九逐之，已投池中矣。呼告居人，救之已死，色丽如生。共验王尸，见窗上一函，开视，则女备述其冤状。群以为烈，谋敛资作殡。天明集视者数千人，见其容皆朝拜之。终日间得金百，于是葬诸南郊。好事者为之珠冠袍服，瘗藏⑥丰满焉。

初，金生之溺也，浮片板上，得不死。将晓至淮上，为小舟所救。舟盖富民尹翁，专设以拯溺者。金既苏，诣翁申谢。翁优厚之。留教其子。金以不知亲耗，将往探访，故不决。俄白：『捞得死叟及媪。』金疑是父母，奔验果然。翁代营棺木。生方哀恸，又白：『拯一溺妇，自言金生其夫。』生挥涕惊出，女子已至，殊非庚娘，乃十八妇也。向金大哭，请勿相弃。金曰：『我方寸已乱，何暇谋人？』妇益悲。尹审其故，喜为天报，劝金纳妇。金以居丧为辞，且将复仇，惧细弱作累。妇曰：『如君言，脱庚娘犹在，将以报仇居丧去之耶？』翁以其言善，请暂代收养，金乃许之。卜葬翁媪，妇缞绖哭泣，如

丧翁姑。

既葬，金怀刃托钵，将赴广陵，妇止之曰：『妾唐氏，祖居金陵，与豺子同乡，前言广陵者诈也。且江湖水寇，半伊同党，仇不能复，只取祸耳。』金徘徊不知所谋。忽传女子诛仇事，洋溢河渠，姓名甚悉。金闻之一快，然益悲，辞妇曰：『幸不污辱。家有烈妇如此，何忍负心再娶？』妇以业有成说，不肯中离，愿自居于媵妾。会有副将军袁公，与尹有旧，适将西发，过尹，见生，大相知爱，请为记室。无何，流寇犯顺，袁有大勋，金以参机务，叙劳，授游击以归。夫妇始成合卺之礼。

居数日，携妇诣金陵，将以展庚娘之墓。暂过镇江，欲登金山。漾舟中流，欻一艇过，中有一妪及少妇，怪少妇颇类庚娘。舟疾过，妇自窗中窥金，神情益肖。惊疑不敢追问，急呼曰：『看群鸭儿飞上天耶！』少妇闻之，亦呼云：『馋狗儿欲吃猫子腥耶！』盖当年闺中之隐谑也。金大惊，反棹近之，真庚娘。青衣扶过舟，相抱哀哭，伤感行旅。唐氏以嫡礼见庚娘。庚娘惊问，金始备述其由。庚娘执手曰：『同舟一话，心常不忘，不图吴越一家矣。蒙代葬翁姑，所当首谢，何以此礼相向？』乃以齿序，唐少庚娘一岁，妹之。

先是，庚娘既葬，自不知历几春秋。忽一人呼曰：『庚娘，汝夫不死，尚当重圆。』遂如梦醒。扪之四面皆壁，始悟身死已葬，只觉闷闷，亦无所苦。有恶少窥其葬具丰美，发冢破棺，方将搜括，见庚娘犹活，相共骇惧。庚娘恐其害己，哀之曰：『幸汝辈来，使我得睹天日。头上簪珥，悉将去，愿鬻我为尼，更可少得直。我亦不泄也。』盗稽首曰：『娘子贞烈，神人共钦。小人辈不过贫乏无计，作此不仁。但无漏言幸矣。何敢鬻作尼！』庚娘曰：『此我自乐之。』又一盗曰：『镇江耿夫人寡而无子，若见娘子必大喜。』庚娘谢之。自

拔珠饰悉付盗，盗不敢受，固与之，乃共拜受。遂载去，至耿夫人家，托言舡风所迷。耿夫人，巨家，寡媪自度。见庚娘大喜，以为己出。适母子自金山归也，庚娘缅述其故。金乃登舟拜母，母款之若婿。邀至家，留数日始归。后往来不绝焉。

异史氏曰：大变当前，淫者生之，贞者死焉。生者裂人眦，死者雪人涕耳。至如谈笑不惊，手刃仇雠，千古烈丈夫中岂多匹俦⑦哉！谁谓女子，遂不可比踪彦云也？

注释 ①逑好甚敦：夫妻感情甚笃。《诗·周南·关雎》："窈窕淑女，君子好逑。"④人道：指男女交合之事。②劬劳：辛劳，劳苦。③无虞：不用担心。虞，忧虑。⑤体段：体统，规矩。⑥瘗藏：指陪葬品。⑦匹俦：匹敌。

宫梦弼

柳芳华保定人，财雄一乡，慷慨好客，座上常百人；急人之急，千金不靳①；宾友假贷常不还。惟一客宫梦弼，陕人，生平无所乞请，每至辄经岁，词旨清洒，柳与寝处时最多。柳子名和，时总角，叔之，宫亦喜与和戏。每和自塾归，辄与发贴地砖，埋石子伪作埋金为笑。屋五架，掘藏几遍。众笑其行稚，而和独悦爱之，尤较诸客昵。后十余年家渐虚，不能供多客之求，于是客渐稀，然十数人彻宵谈宴，犹是常也。年既暮，日益落，尚割亩得直以备鸡黍。和亦挥霍，学父结小友，柳不之

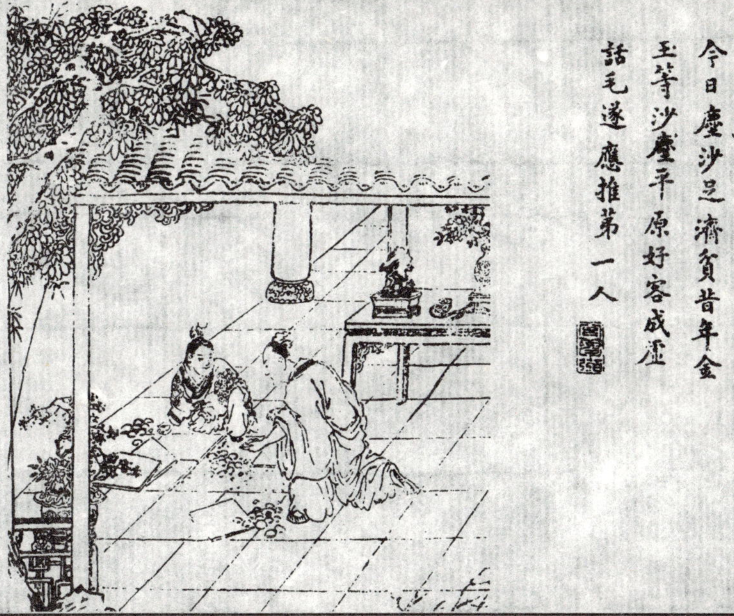

宫夢弼
今日慶沙足濟貧
昔年金玉等沙塵
平原好客成虚話
毛遂應推第一人

禁。无何，柳病卒，至无以治凶具。宫乃自出囊金，为柳经纪。和益德之，事无大小，悉委宫叔。宫时自外入必袖瓦砾，至室则抛掷暗陬，更不解其何意。和每对宫忧贫，宫曰：『子不知作苦之难。无论无金；即授汝千金可立尽也。男子患不自立，何患贫？』一日辞欲归，和泣嘱速返，宫诺之，遂去。和贫不自给，典质渐空，日望宫至以为经理，而宫灭迹匿影去如黄鹤矣。

先是，柳生时，为和论亲于无极黄氏，素封也，后闻柳贫，阴有悔心。柳卒讣告之，即亦不吊，犹以道远曲原之。和服除②，母遣自诣岳所定婚期，冀黄怜顾。比至，黄闻其衣履敝穿，斥门者不纳。寄语云：『归谋百金可复来，不然，请自此绝。』和闻言痛哭。对门刘媪，怜而进之食，赠钱三百，慰令归。母亦哀愤无策，因念旧客负欠者十常八九，俾择富贵者求助焉。和曰：『昔之交我者为我财耳，使儿驷马高车，假千金亦即匪难。如此景象，谁犹念曩恩，忆故好耶？且父与人金资，曾无契保，责负亦难凭也。』母固强之，和从教，凡二十余日不能致一文。惟优人李四旧受恩恤，闻其事，义赠一金。母子痛哭，自此绝望矣。

黄女年已及笄，闻父绝和，窃不直之。黄欲女别适，女泣曰：『柳郎非生而贫者也。使富倍他日，岂仇我者所能夺乎？今贫而弃之，不仁！』黄不悦，曲谕百端，女终不摇。翁妪并怒，旦夕唾骂之，女亦安焉。无何，夜遭寇劫，黄夫妇炮烙几死，家中席卷一空。荏苒三载，家益零替。有西贾闻女美，愿以五十金致聘。黄利而许之，将强夺其志。女察知其谋，毁装涂面，乘夜遁去，丐食于途。阅两月始达保定，访和居址，直造其家。母以为乞人妇，故咄之，女呜咽自陈，母把手泣曰：『儿何形骸至此耶！』女又惨然而告以故，母子俱哭。便为盥沐，颜色光泽，眉目焕映，母子俱喜。然家三口，日仅一啖，母泣

曰：『吾母子固应尔；所怜者，负吾贤妇！』女笑慰之曰：『新妇在乞人中，稔其况味，今日视之，觉有天堂地狱之别。』母为解颐。

女一日入闲舍中，见断草丛丛无隙地，渐入内室，尘埃积中，暗陬有物堆积，蹴之迕足，拾视皆朱提。惊走告和，和同往验视，则宫往日所抛瓦砾，尽为白金。因念儿时，常与瘗石室中，得毋皆金？而故地已典于东家，急赎归。断砖残缺，所藏石子俨然露焉，颇觉失望，及发他砖，则灿灿皆白镪也。顷刻间数巨万矣。由是赎田产，市奴仆，门庭华好过昔日。因自奋曰：『若不自立，负我宫叔！』刻志下帷，三年中乡选。

乃躬赍白金，往酬刘媪。鲜衣射目，仆十余辈皆骑怒马如龙。媪仅一屋，和便坐榻上。人哗马腾，充溢里巷。黄翁自女失亡，西贾逼退聘财，业已耗去殆半，售居宅始得偿，以故困窘如和曩日。闻旧婿烜耀，闭户自伤而已。媪沽

酒备馔款和，因述女贤，且惜女遁。问和：『娶否？』和曰：『娶矣。』食已，强媪往视新妇，载与俱归。至家，女华妆出，群婢簇拥若仙。相见大骇，遂叙往旧，殷问父母起居。居数日，款洽优厚，制好衣，上下一新，始送令返。

媪诣黄许报女耗，兼致存问。夫妇大惊。媪劝往投女，黄有难色。既而冻馁难堪，不得已如保定。既到门，见闬闳峻丽，阍人怒目张，终日不得通，一妇人出，黄温色卑词，告以姓氏，求暗达女知。少间妇出，导入耳舍，曰：『娘子极欲一觐，然恐郎君知，尚候隙也。翁几时来此？得毋饥否？』黄因诉所苦。妇人以酒一盛、馔二簋，出置黄前；又赠五金，曰：『郎君宴房中，娘子恐不得来。明旦宜早去，勿为郎闻。』黄诺之。早起趣装，则管钥未启，止于门中，坐袱囊以待。忽哗主人出，黄将敛避，和已睹之，怪问谁何，家人悉无以应。和怒曰：『是必奸宄！可执赴有司。』众应声出，短绠绷系树间，

黄惭惧不知置词。未几昨夕妇出，跪曰：『是某舅氏。以前夕来晚，故未告主人。』和命释缚。

妇送出门，曰：『忘嘱门者，遂致参差。娘子言：相思时可使老夫人伪为卖花者，同刘媪来。』黄诺，归述于妪。妪念女若渴，以告刘媪，媪果与俱至和家，凡启十余关，始达女所。女着帔顶髻，珠翠绮纨，散香气扑人。嘤咛一声，大小婢媪奔入满侧，移金椅床，置双夹膝。慧婢瀹茗，各以隐语道寒暄，相视泪荧。至晚除室安二媪，褥温软，并昔年富时所未经。居三五日，女意殷渥。媪辄引空处，泣白前非。女曰：『我子母有何过不忘？但郎忿不解，防他闻也。』每和至，便走匿。一日方促膝，和遽入，见之，怒诟曰：『何物村妪，敢引身与娘子接坐！宜撮鬓毛令尽！』刘媪急进曰：『此老身瓜葛，王嫂卖花者，幸勿罪责。』和乃上手谢过。即坐曰：『姥来数日，我大忙，未得展叙。黄家老畜产尚在否？』笑云：『都佳，但是贫不可过。官人大富贵，何不一念翁婿情也？』和击桌曰：『曩年非姥怜赐一瓯粥，更何得旋乡土！今欲得而寝处之，何念焉！』言致忿际，辄顿足起骂。女恚曰：『彼即不仁，是我父母，我迢迢远来，手皴瘃，足趾皆穿，亦自谓无负郎君。何乃对子骂父，使人难堪？』和始敛怒，起身去。黄妪愧丧无色，辞欲归，女以二十金私付之。

既归，旷绝音问，女深以为念。和乃遣人招之，夫妻至，惭怍无以自容。和谢曰：『旧岁辱临，又不明告，遂是开罪良多。』黄但唯唯。和为更易衣履。留月余，黄心终不自安，数告归。和遗白金百两，曰：『西贾五十金，我今倍之。』黄汗颜受之。和以舆马送还，暮岁称小丰焉。

异史氏曰：雍门泣后，朱履杳然，令人愤气杜门，不欲复交一客。然良

朋葬骨，化石成金，不可谓非慷慨好客之报也。闺中人坐享高奉，俨然如嫔嫱[3]，非贞异如黄卿，孰克当此而无愧者乎？造物之不妄降福泽也如是。

乡有富者，居积取盈，搜算入骨。窖镪数百，惟恐人知，故衣败絮，啖糠秕以示贫。亲友偶来，亦曾无作鸡黍之事。或言其家不贫，便瞋目作怒，其仇如不共戴天。暮年，日餐榆屑一升，臂上皮摺垂一寸长，而所窖终不肯发。后渐尪羸。濒死，两子环问之，犹未遽告；迨觉果危急，欲告子，子至，已舌蹇不能声，惟爬抓心头，呵呵而已。死后，子孙不能具棺木，遂藁葬焉。呜呼！若窖金而以为富，则大帑数千万，何不可指为我有哉？愚已！

注释 ①靳：吝惜，爱惜。②服除：服丧期满后脱去丧服，亦称「除服」、「满服」。③嫔嫱：指嫔和嫱，古代宫廷中的女宫。

狐妾

莱芜刘洞九官汾州，独坐署中，闻亭外笑语渐近，入室则四女子：一四十许，一可三十，一二十四五已来，末后一垂髫者，并立几前，相视而笑。刘固知官署多狐，置不顾。少间，垂髫者出一红巾戏抛面上，刘拾掷窗间，仍不顾。四女一笑而去。

一日年长者来，谓刘曰：「舍妹与君有缘，愿无弃葑菲。」刘漫应之，女遂去。俄偕一婢拥垂髫儿来，俾与刘并肩坐。曰：「一对好凤侣，今夜谐花烛。勉事刘郎，我去矣。」刘谛视，光艳无俦，遂与燕好。诘其行迹，女曰：「妾固非人，而实人也。妾前官之女，蛊[1]于狐，奄忽以死，窆[2]园内，众狐以术生我，遂飘然若狐。」刘因以手探尻际，女觉之笑曰：「君将无谓狐有尾耶？」转身云：「请试扪之。」自此，遂留不去，每行坐与小婢俱，家人俱尊

以小君礼。婢媪参谒，赏赉甚丰。

值刘寿辰，宾客烦多，共三十余筵，须庖人甚众；先期牒拘仅一二到者。刘不胜恚。女知之，便言：『勿忧。庖人既不足用，不如并其来者遣之。妾固短于才，然三十席亦不难办。』刘喜，命以鱼肉姜椒悉移内署。家中人但闻刀砧声繁不绝。门内设以几，行炙者置柈其上，转视则肴俎已满。托去复来，十余人络绎于道，取之不绝。末后，行炙人来索汤饼。内言曰：『主人未尝预嘱，咄嗟何以办？』既而曰：『无已，其假之。』少顷呼取汤饼，视之三十余碗，蒸腾几上。客既去，乃谓刘曰：『可出金资，偿某家汤饼。』刘使人将直去。则其家失汤饼，方共惊疑，使至疑始解。一夕夜酌，偶思山东苦醁，女请取之。遂出门去，移时返曰：『门外一罂③可供数日饮。』刘视之，果得酒，真家中瓮头春也。

狐妾

刀砧声裏走厨叔膝似常
年结秀无一领羊裘原细事
丈人生性讳言狐

越数日，夫人遣二仆如汾。途中一仆曰：『闻狐夫人犒赏优厚，此去得赏金，可买一裘。』女在署已知之，向刘曰：『家中人将至。可恨伧奴④无礼，必报之。』仆甫入城，头大痛，至署，抱首号呼，共拟进医药。刘笑曰：『勿须疗，时至当自瘥。』众疑其获罪小君。仆自思：初来未解装，罪何由得？无所告诉，漫膝行而哀之。帘中语曰：『尔谓夫人则已耳，何谓狐也？』仆乃悟，叩不已。又曰：『既欲得裘，何得

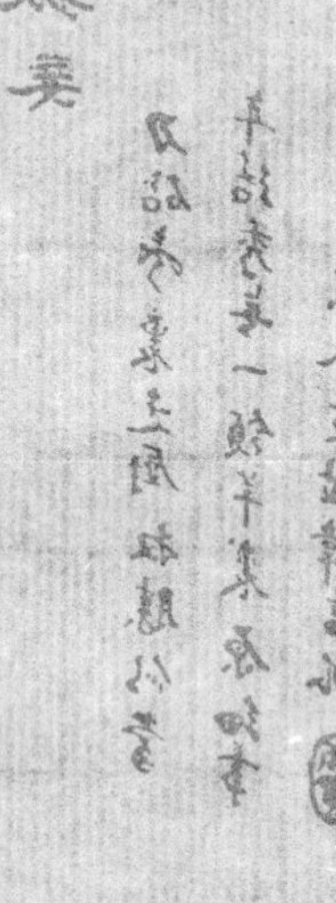

复无礼？』已而曰：『汝愈矣。』言已，仆病若失。仆拜欲出，忽自帘中掷一裹出，曰：『此一羔羊裘也，可将去。』仆解视，得五金。刘问家中消息，仆言都无事，惟夜失藏酒一罂，稽其时日，即取酒夜也。群惮其神，呼之『圣仙』，刘为绘小像。

时张道一为提学使，闻其异，以桑梓谊诣刘，欲乞一面，女拒之。刘示以像，张强携而去。归悬座右，朝夕祝之云：『以卿丽质，何之不可？乃托身于鬖鬖之老！下官殊不恶于洞九，何不一惠顾？』女在署，忽谓刘曰：『张公无礼，当小惩之。』一日张方祝，似有人以界方击额，崩然甚痛。大惧，反卷。刘诘之，使隐其故而诡对。刘笑，曰：『主人额上得毋痛否？』使不能欺，以实告。

无何婿亓生来，请觐之，女固辞之，亓请之坚。刘曰：『婿非他人，何拒之深？』女曰：『婿相见，必当有以赠之。渠望我奢，自度不能满其志，故适不欲见耳。』既固请之，乃许以十日见。及期亓入，隔帘揖之，少致存问。仪容隐约，不敢审谛。即退，数步之外辄回眸注盼。但闻女言曰：『阿婿回首矣！』言已大笑，烈烈如玠鸣。亓闻之，胫股皆软，摇摇然如丧魂魄。既出，坐移时始稍定。乃曰：『适闻笑声，如听霹雳，竟不觉身为己有。』少顷，婢以女命，赠亓二十金。亓受之，谓婢曰：『圣仙日与丈人居，宁不知我素性挥霍，不惯使小钱耶？』女闻之曰：『我固知其然。囊底适罄；向结伴至汴梁，其城为河伯⑤占据，库藏皆没水中，入水各得些须，何能饱无餍之求？且我纵能厚馈，彼福薄亦不能任。』

女凡事能先知，遇有疑难与议，无不剖。一日并坐，忽仰天大惊曰：『大劫将至，为之奈何！』刘惊问家口，曰：『余悉无恙，独二公子可虑。此处不

久将为战场，君当求差远去，庶免于难。」刘从之，乞于上官，得解饷云贵间。道里辽远，闻者吊之，而女独贺。无何，姜叛，汾州没为贼窟。刘仲子自山东来，适遭其变，遂被其害。城陷，官僚皆罹于难，惟刘以公出得免。

盗平，刘始归。寻以大案挂误，贫至饔飧不给，而当道者又多所需索，因而窘忧欲死。女曰：「勿忧，床下三千金，可资用度。」刘大喜，问：「窃之何处？」曰：「天下无主之物取之不尽，何庸窃乎！」刘借谋得脱归，女从之。后数年忽去，纸裹数事留赠，中有丧家挂门之小幡，长二寸许，群以为不祥。刘寻卒。

注释 ①蛊：原指传说中的一种毒虫，此处指迷惑。②窆：埋葬。③罂：一种小口大腹的酒坛。④伧奴：下贱的奴才。伧，鄙贱，低贱。⑤河伯：传说中的黄河神。

赌符

韩道士居邑中之天齐庙[1]，多幻术，共名之「仙」。先子[2]与最善，每适城，辄造之。一日与先叔赴邑，拟访韩，适遇诸途。韩付钥曰：「请先往启门坐，少旋我即至。」乃如其言。诣庙发扃，则韩已坐室中。诸如此类。

先是有敝族人嗜博赌，因先子亦识韩。值大佛寺来一僧，专事樗蒲，赌甚豪。族人见而悦之，罄资往赌，大亏。心益热，典质田产复往，终夜尽丧。邑邑不得志，便道诣韩，精神惨淡，言语失次。韩问之，具以实告。韩笑曰：「常赌无不输之理。倘能戒赌，我为汝覆之。」族人曰：「倘得珠还合浦，花骨头当铁杵碎之！」韩乃以纸书符，授佩衣带间。嘱曰：「但得故物即已，勿得陇复望蜀也。」又付千钱约赢而偿之。族人大喜而往。僧验其资，易之，不屑与赌。族人强之，请一掷为期，僧笑而从之。乃以千钱为孤注，僧掷之无所胜负，族人接色，一掷成采。僧复以两千为注，又败。僧渐增至十余千，明明枭色，呵之皆成卢雉，计前所输，顷刻尽覆。阴念再赢数千为更佳，乃复博，则

色渐劣。心怪之，起视带上则符已亡矣，大惊而罢。载钱归庙，除偿韩外，追而计之，并末后所失，适符原数也。已乃愧谢失符之罪，韩笑曰：『已在此矣。固嘱勿贪，而君不听，故取之。』

异史氏曰：天下之倾家者莫速于博，天下之败德者亦莫甚于博。入其中者如沉迷海，将不知所底矣。夫商农之人，俱有本业；诗书之士，尤惜分阴。负耒横经，固成家之正路；清谈薄饮，犹寄兴之生涯。尔乃狎比淫朋，缠绵永夜。倾囊倒箧，悬金于崄巇之天；呼雉呵卢，乞灵于淫昏之骨。盘旋五木，似走圆珠；手握多章，如擎团扇。左觑人而右顾己，望穿鬼子之睛；阳示弱而阴用强，费尽魍魉之技。门前宾客待，犹恋恋于场头；舍上火烟生，尚眈眈于盆里。忘餐废寝，则久入成迷；舌敝唇焦，则相看似鬼。迨夫全军尽没，热眼空窥。视局中则叫号浓焉，技痒英雄之臆；顾囊底而贯索空矣，灰寒壮士之心。引颈徘徊，觉白手之无济；垂头萧索，始玄夜以方归。幸交谪之人眠，恐惊犬吠；苦久虚之腹饿，敢怨羹残。既而鬻子质田，冀珠还于合浦；不意火灼毛尽，终捞月于沧江。及遭败后我方思，已作下流之物；试问赌中谁最善，群指无裤之公。甚而枵腹难堪，遂栖身于暴客；搔头莫度，至仰给于香奁。呜呼！败德丧行，倾财亡身，孰非博之一途致之哉！

赌符

未了貪心博局開
此中勝負本難猜
靈符倘許相傳受
一擲何妨百萬來

注释 ①天齐庙：唐玄宗曾封泰山神为天齐王，后供奉泰山神的庙宇就成为天齐庙。②先子：先父。

阿霞

文登景星者少有重名，与陈生比邻而居，斋隔一短垣。一日陈暮过荒落之墟，闻女子啼松柏间，近临则树横枝有悬带，若将自经。陈诘之，挥涕而对曰：『母远出，托妾于外兄①。不图狼子野心，畜我不卒。伶仃如此不如死！』言已复泣。陈解带，劝令适人，女虑无可托者。陈请暂寄其家，女从之。既归，挑灯审视，丰韵殊绝，大悦，欲乱之，女厉声抗拒，纷纭之声达于间壁。景生逾垣来窥，陈乃释女。女见景生，凝目停睇，久乃奔去。二人共逐之，不知去向。

景归，阖户欲寝，则女子盈盈②自房中出。惊问之，答曰：『彼德薄福浅，不可终托。』景大喜，诘其姓氏。曰：『妾祖居于齐，以齐为姓，小字阿霞。』入以游词，笑不甚拒，遂与寝处。斋中多友人来往，女恒隐闭深房。过数日，曰：『妾姑去，此处烦杂困人甚。继今，请以夜卜。』问：『家何所？』曰：『正不远耳。』遂早去，夜果复来，欢爱綦笃。又数日谓景曰：『我两人情好虽佳，终属苟合。家君宦游西疆，明日将从母去，容即乘间禀命，而相从以终焉。』问：『几日别？』约以旬终。既去，景思斋居不可常，移诸内又虑妻妒，计不如出妻。志既决，妻至辄诟厉，妻不堪其辱，涕欲死。景曰：『死恐见累，请早归。』遂促妻行。

②《文选·古诗十九首》：盈盈楼上女，皎皎当户牖。

妻啼曰：『从子十年未尝失德，何决绝如此！』景不听，逐愈急，妻乃出门去。自是垩壁清尘，引领翘待，不意信杳青鸾，如石沉海。妻大归后，数浼知交请复于景，景不纳，遂适夏侯氏。夏侯里居，与景接壤，以田畔之故世有隙。景闻之，益大恚恨。然犹冀阿霞复来，差足自慰。

越年余并无踪绪。会海神寿，祠内外士女云集，景亦在。遥见一女甚似阿霞，景近之，入于人中；从之，出于门外；又从之，飘然竟去。景追之不及，恨悒而返。后半载适行于途，见一女郎着朱衣，从苍头，鞚黑卫来，望之，霞也。因问从人：『娘子为谁？』答言：『南村郑公子继室。』又问：『娶几时矣？』曰：『半月耳。』景思得毋误耶？女郎闻语，回眸一睇，景视，真阿霞也。见其已适他姓，愤填胸臆，大呼：『霞娘！何忘旧约？』从人闻呼主妇，欲奋老拳。女急止之，启幛纱谓景曰：『负心人何颜相见？』景曰：『卿自负仆，仆何尝负卿？』女曰：『负夫人甚于负我！结发者如是而况其他？向以祖德厚，名列桂籍，故委身相从。今以弃妻故，冥中削尔禄秩，今科亚魁王昌即替汝名者也。我已归郑姓，无劳复念。』景俯首帖耳，口不能道一词。视女子策蹇去如飞，怅恨而已。

是科景落第，亚魁果王氏昌名。景以是得薄幸名。四十无偶，家益替，恒趁食于亲友家。偶诣郑，郑款之，留宿焉。女窥客，见而怜之，问郑曰：『堂上客非景庆云耶？』问所自识，曰：『未适君时，曾避难其家，亦深得其豢养。彼行虽贱而祖德未斩，且与君为故人，亦宜有绨袍之义。』郑然之，易其败絮，留以数日。夜分欲寝，有婢持金二十余两赠景。女在窗外言曰：『此私贮，聊酬夙好，可将去，觅一良匹。幸祖德厚，尚足及子孙；无复丧检，以促余龄。』景感谢之。既归，以十余金买缙绅家婢，甚丑悍。举一子，后登两

榜。郑官至吏部郎。既没，女送葬归，启舆则虚无人矣，始知其非人也。噫！人之无良，舍其旧而新是谋，卒之卵覆而鸟亦飞，天之所报亦惨矣！

注释 ①外兄：表哥。②盈盈：形容举止美好的样子。《文选·古诗十九首》：『盈盈楼上女，皎皎当户牖。』

翩翩

罗子浮，邠人，父母俱早世，八九岁依叔大业。业为国子左厢，富有金缯而无子，爱罗若己出。十四岁为匪人诱去，作狭邪游，会有金陵娼侨寓郡中，生悦而惑之。娼返金陵，生窃从遁去。居娼家半年，床头金尽，大为姊妹行齿冷，然犹未遽绝之。无何，广疮溃臭，沾染床席，逐而出。丐于市，市人见辄遥避。自恐死异域，乞食西行，日三四十里，渐至邠界。又念败絮脓秽，无颜入里门，尚趑趄近邑间。

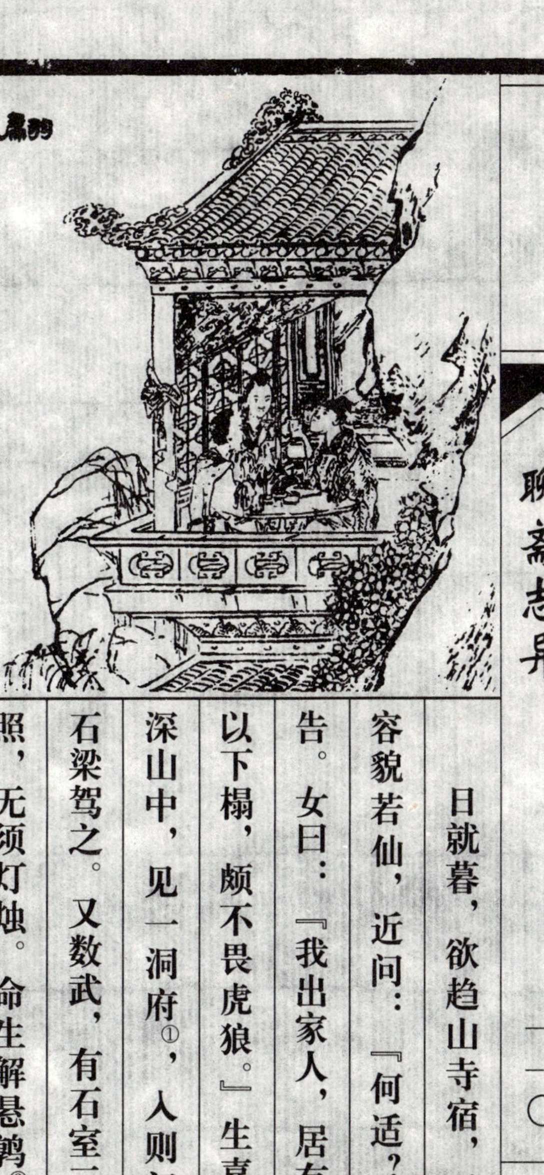

日就暮，欲趋山寺宿，遇一女子，容貌若仙，近问：『何适？』生以实告。女曰：『我出家人，居有山洞，可以下榻，颇不畏虎狼。』生喜从去。入深山中，见一洞府①，入则门横溪水，石梁驾之。又数武，有石室二，光明彻照，无须灯烛。命生解悬鹑②，浴于溪流，曰：『濯之，疮当愈。』又开幛拂褥促寝，曰：『请即眠，当为郎作裤。』乃取大叶类芭蕉，剪缀作衣，生卧视之。制无几时，折迭床头，曰：『晓取

《诗·小雅·斯干》：乃生男子，载弄之璋。乃生女子，载弄之瓦。

着之。」乃与对榻寝。生浴后，觉疮疡无苦，既醒摸之，则痂厚结矣。诘旦将兴，心疑蕉叶不可着，取而审视，则绿锦滑绝。少间具餐，女取山叶呼作饼，食之果饼；又剪作鸡、鱼烹之，皆如真者。室隅一罂贮佳酝，辄复取饮，少减，则以溪水灌益之。数日疮痂尽脱，就女求宿。女曰：「轻薄儿！甫能安身，便生妄想！」生云：「聊以报德。」遂同卧处，大相欢爱。

一日有少妇笑入曰：「翩翩小鬼头快活死！薛姑子好梦几时做得？」女迎笑曰：「花城娘子，贵趾久弗涉，今日西南风紧，吹送来也！小哥子抱得未？」曰：「又一小婢子。」女笑曰：「花娘子瓦窑③哉！那弗将来？」曰：「方呜之，睡却矣。」于是坐以款饮。又顾生曰：「小郎君焚好香也。」生视之，年二十有三四，绰有余妍，心好之。剥果误落案下，俯地假拾果，阴捻翘凤。花城他顾而笑，若不知者。生方恍然神夺，顿觉袍裤无温，自顾所服悉成秋叶，几骇绝。危坐移时，渐变如故。窃幸二女之弗见也。少顷酬酢间，又以指搔纤掌。花城坦然笑谑，殊不觉知。突突怔忡间，衣已化叶，移时始复变。由是惭颜息虑，不敢妄想。花城笑曰：「而家小郎子，大不端好！若弗是醋葫芦娘子，恐跳迹入云霄去。」女亦哂曰：「薄幸儿，便值得寒冻杀！」相与鼓掌。花城离席曰：「小婢醒，恐啼肠断矣。」女亦起曰：「贪引他家男儿，不忆得小江城啼绝矣。」花城既去，惧贻诮责，女卒晤对如平时。居无何，秋老风寒，霜零木脱，女乃收落叶，蓄旨御冬。顾生肃缩，乃持襆掇拾洞口白云为絮复衣，着之温暖如襦，且轻松常如新绵。

逾年生一子，极惠美，日在洞中弄儿为乐。然每念故里，乞与同归。女曰：「妾不能从。不然，君自去。」因循二三年，儿渐长，遂与花城订为姻好。生每以叔老为念。女曰：「阿叔腊故大高，幸复强健，无劳悬耿。待保儿婚

后，去住由君。」女在洞中，辄取叶写书，教儿读，儿过目即了。女曰：「此儿福相，放教入尘寰④，无忧至台阁。」未几儿年十四，花城亲诣送女，女华妆至，容光照人。夫妻大悦。举家宴集。翩翩扣钗而歌曰：「我有佳儿，不羡贵官。我有佳妇，不羡绮纨。今夕聚首，皆当喜欢。为君行酒，劝君加餐。」既而花城去，与儿夫妇对室居。新妇孝，依依膝下，宛如所生。生又言归，女曰：「子有俗骨，终非仙品。儿亦富贵中人可携去，我不误儿生平。」新妇思别其母，花城已至。儿女恋恋，涕各满眶。两母慰之曰：「暂去，可复来。」翩翩乃剪叶为驴，令三人跨之以归。

大业已归老林下，意侄已死，忽携佳孙美妇归，喜如获宝。入门，各视所衣悉蕉叶，破之，絮蒸蒸腾去，乃并易之。后生思翩翩，偕儿往探之，则黄叶满径，洞口路迷，零涕而返。

异史氏曰：翩翩、花城，殆仙者耶？餐叶衣云何其怪也！然帏幄诽谑，狎寝生雏，亦复何殊于人世？山中十五载，虽无「人民城郭」之异，而云迷洞口，无迹可寻，睹其景况，真刘、阮返棹时矣。

注释 ①洞府：神话传说中的神仙常住在山洞里，故称仙人或修道者的住所为洞府。②悬鹑：指破烂不堪的衣服。③瓦窖：原指烧制砖瓦的窑，后用来戏称多生或只生女孩的女子。《诗·小雅·斯干》：「乃生男子，载弄之璋。乃生女子，载弄之瓦。」④尘寰：人世间。

青梅

白下程生性磊落，不为畛畦。一日自外归，缓其束带，觉带沉沉，若有物堕，视之，无所见。宛转间，有女子从衣后出，掠发微笑，丽甚。程疑其鬼，女曰：『妾非鬼，狐也。』程曰：『倘得佳人，鬼且不惧，而况于狐！』遂与狎。二年生一女，小字青梅。每谓程：『勿娶，我且为君生子。』程遂不娶，亲友共诮姗之。程志夺，聘湖东王氏。狐闻之怒，就女乳之，委于程曰：『此汝家赔钱货，生之杀之俱由尔，我何故代人作乳媪乎！』出门径去。

青梅长而慧，貌韶秀，酷肖其母。既而程病卒，王再醮去。青梅寄食于堂叔。叔荡无行，欲鬻以自肥。适有王进士者，方候铨①于家，闻其慧，购以重金，使从女阿喜服役。喜年十四，容华绝代，见梅忻悦，与同寝处。梅亦善候伺，能以目听，以眉语，由是一家俱怜爱之。

邑有张生字介受，家屡贫，无恒产，税居王第。性纯孝，制行不苟，又笃于学。青梅偶至其家，见生据石啖糠粥，入室与生母絮语，见案上具豚蹄焉。时翁卧病，生入，抱父而私，便液污衣，翁觉之而自恨。生掩其迹，急出自濯，恐翁知。梅以此大异之。归述所见，谓女曰：『吾家客非常人也。娘子不欲得良匹则已，欲得良匹，张生其人

青梅

何幸鵶鬟匹宰官
更欣舊主共團欒
甘居妾媵辭當夕
難得青梅味不酸

《汉书·食货志》：富者田连阡陌，贫者亡立锥之地。

也。』女恐父厌其贫。梅曰：『不然，是在娘子。如以为可，妾潜告使求伐焉。夫人必召商之，但应之曰「诺」也，则谐矣。』女恐终贫为天下笑。梅曰：『妾自谓能相天下士，必无谬误。』明日往告张媪，媪大惊，谓其言不祥。梅曰：『小姐闻公子而贤之也，妾故窥其意以为言。冰人往，我两人袒焉，计合允遂。纵其否也，于公子何辱乎？』媪曰：『诺。』乃托侯氏卖花者往。夫人闻之而笑以告王，王亦大笑。唤女至，述侯氏意。女未及答，青梅亟赞其贤，决其必贵。夫人又问曰：『此汝百年事。如能啜糠核也，即为汝允之。』女俯首久之，顾壁而答曰：『贫富命也。倘命之厚则贫无几时，而不贫者无穷期矣。或命之薄，彼锦绣王孙②，其无立锥③者岂少哉？是在父母。』初，王之商女也，将以博笑，及闻女言，心不乐曰：『汝欲适张氏耶？』女不答；再问，再不答。怒曰：『贱骨子不长进！欲携筐作乞人妇，宁不羞死！』女涨红气结，含涕引去，媒亦遂奔。

青梅见不谐，欲自谋。过数日，夜诣生，生方读，惊问所来，词涉吞吐。生正色却之，梅泣曰：『妾良家子，非淫奔者，徒以君贤，故愿自托。』生曰：『卿爱我，谓我贤也。昏夜之行，自好者不为，而谓贤者为之乎？夫始乱之而终成之，君子犹曰不可，况不能成，役此何以自处？』梅曰：『万一能成，肯赐援拾否？』生曰：『得人如卿又何求？但有不可如何者三，故不敢轻诺耳。』曰：『若何？』曰：『不能自主，则不可如何；即能自主，我父母不乐，则不可如何；即乐之，而卿之身直必重，我贫不能措，则尤不可如何。卿速退，瓜李之嫌可畏也！』梅临去，又嘱曰：『倘君有意，乞共图之。』生诺。

梅归，女诘所往，遂跪而自投。女怒其淫奔，将施扑责。梅泣白无他，因

以实告。女叹曰：『不苟合，礼也；必告父母，孝也；不轻然诺，信也；有此三德，天必祐之，其无患贫也已。』既而曰：『子将若何？』曰：『嫁之。』女笑曰：『痴婢能自主乎？』曰：『不济，则以死继之。』女曰：『我必如所愿。』梅稽首而拜之。又数日谓女曰：『曩而言之戏乎，抑果欲慈悲耶？果尔，尚有微情，并祈垂怜焉。』女问之，答曰：『张生不能致聘，婢又无力可以自赎，必取盈焉，嫁我犹不嫁也。』女沉吟曰：『是非我之能为力矣。我曰嫁且恐不得当，而曰必无取直焉，是大人所必不允，亦余所不敢言也。』梅闻之泣下，但求怜拯，女思良久，曰：『无已，我私蓄数金，当倾囊相助。』梅拜谢，因潜告张。张母大喜，多方乞贷，共得如干数，藏待好音。会王授曲沃宰，喜乘间告母曰：『青梅年已长，今将莅任，不如遣之。』夫人固以青梅太黠，恐导女不义，每欲嫁之，而恐女不乐也，闻女言甚喜。逾两日，有佣保妇白张氏意，王笑曰：『是只合偶婢子，前此何妄也！然鬻媵高门，价当倍于曩昔。』女急进曰：『青梅待我久，卖为妾，良不忍。』王乃传语张氏，仍以原金署券，以青梅嫔于生。

入门孝翁姑，曲折承顺，尤过于生，而操作更勤，餍糠秕不为苦。由是家中无不爱重青梅。梅又以刺绣作业，售且速，贾人候门以购，惟恐弗得。得资稍可御穷。且劝勿以内顾误读，经纪皆自任之。因主人之任，往别阿喜。喜见之，泣曰：『子得所矣，我固不如。』梅曰：『是何人之赐，而敢忘之？然以为不如婢子，是促婢子寿。』遂泣相别。

王如晋半载，夫人卒，停柩寺中。又二年，王坐行赇免，罚赎万计，渐贫不能自给，从者逃散。是时疫大作，王染疾卒。惟一媪从女，未几媪亦卒，女伶仃益苦。有邻媪劝之嫁，女曰：『能为我葬双亲者，从之。』媪怜之，赠以

斗米而去。半月复来，曰：『我为娘子极力，事难合也：贫者不能为葬，富者又嫌子为陵夷嗣。奈何！尚有一策，但恐不能从也。』女曰：『若何？』曰：『此间有李郎欲觅侧室[4]，倘见姿容，即遣厚葬，必当不惜。』女大哭曰：『我缙绅裔而为人妾耶！』媪无言遂去，日仅一餐，延息待贾，居半年益不可支。一日媪至，女泣告曰：『困顿如此，每欲自尽，犹恋恋而苟活者，徒以有两柩在。已将转沟壑，谁收亲骨者？故思不如依汝言也。』媪即导李来，微窥女，大悦。即出金营葬，双具举。已，乃载女去，入参冢室。冢室故悍妒，李初未敢言妾，但托买婢。及见女，暴怒，杖逐而出，不听入门。

女披发零涕，进退无所。有老尼过，邀与同居，喜从之。至庵中拜求祝发[5]，尼不可，曰：『我视娘子非久卧风尘者，庵中陶器脱粟粗可自支，姑寄此以待之。时至，子自去。』居无何，市中无赖窥女美，每打门游语为戏，尼不能止。女号泣欲自尽。尼往求吏部某公揭示严禁，恶少始稍敛迹。后有夜穴寺壁者，尼惊呼始去。因复告吏部，捉得首恶者，送郡笞责，始渐安。又年余有贵公子过，见女惊绝，强尼通殷勤，又以厚赂啖尼。尼婉语之曰：『渠簪缨胄，不甘媵御。公子且归，迟迟当有以报命。』既去，女欲乳药死。夜梦父来，疾道曰：『我不从汝志，致汝至此，悔之已晚。但缓须臾勿死，夙愿尚可复酬。』女异之。天明盥已，尼望之而惊曰：『睹子面浊气尽消，横逆不足忧也。福且至，勿忘老身。』语未既闻扣户声。女失色，意必贵家奴。尼启扉果然。骤问所谋，尼笑语承迎，但请缓以三日。奴述主言，事若无成，俾尼自复命。尼唯唯敬应，谢令去。女大悲，又欲自尽，尼止之。女虑三日复来，无词可应。尼曰：『有老身在，斩杀自当之。』

次日方晡，暴雨翻盆，忽闻数人挝户大哗。女意变作，惊怯不知所为。尼

冒雨启关，见有肩舆停驻，女奴数辈捧一丽人出，仆从煊赫，冠盖甚都。惊问之，云：『是司李内眷，暂避风雨。』导入殿中，移榻肃坐。家人妇群奔禅房，各寻休憩。入室见女，艳之，走告夫人。无何雨息，夫人起，请窥禅室。尼引入，睹女艳绝，凝眸不瞬，女亦顾盼良久。夫人非他，盖青梅也。各失声哭，因道行踪，盖张翁病故，生起复后，连捷授司李。生先奉母之任，后移诸眷口。女叹曰：『今日相看，何啻霄壤！』梅笑曰：『幸娘子挫折无偶，天正欲我两人完聚耳。倘非阻雨，何以有此邂逅？此中具有鬼神，非人力也。』乃取珠冠锦衣，催女易妆。女俯首徘徊，尼从中赞劝。女虑同居其名不顺，梅曰：『昔日自有定分，婢子敢忘大德！试思张郎，岂负义者？』强妆之，别尼而去。抵任，母子皆喜。女拜曰：『今无颜见母。』母笑慰之。因谋涓吉合卺，女曰：『庵中但有一丝生路，亦不肯从夫人至此。倘念旧好，得受一庐，可容蒲团足矣。』梅笑而不言。及期抱艳妆来，女左右不知所可。俄闻乐鼓大作，女亦无以自主。梅率婢媪强衣之，挽扶而出，见生朝服而拜，遂不觉盈盈而自拜也。梅曳入洞房，曰：『虚此位以待君久矣。』又顾生曰：『今夜得报恩，可好为之。』返身欲去。女捉其裾，梅笑曰：『勿留我，此不能相代也。』解指脱去。

青梅事女谨，莫敢当夕，而女终惭沮不自安。于是母命相呼以夫人。梅终执婢妾礼罔敢懈。三年张行取⑥入都，过庵，以五百金为尼寿，尼不受，强之，乃受二百金，起大士祠，建王夫人碑。后张仕至侍郎。程夫人举二子一女，王夫人四子一女。张上书陈情，俱封夫人。

异史氏曰：天生佳丽，固将以报名贤，而世俗之王公，乃留以赠纨⑦绔，此造物所必争也。而离离奇奇，致作合者无限经营，化工亦良苦矣。独是青夫

人能识英雄于尘埃，誓嫁之志，期以必死，曾俨然而冠裳也者，顾弃德行而求膏粱，何智出婢子下哉！

注释 ①候铨：到吏部听候选授官职。②锦绣王孙：指贵族子弟。锦绣，织彩为锦，刺彩为绣，代指精美华丽的服饰。③无立锥：贫无立锥之地，指非常贫穷。《汉书·食货志》：『富者田连阡陌，贫者亡立锥之地。』④侧室：小妾，妾室。古时称妻子为正室，称小妾为侧室。⑤祝发：指削发为尼。祝，断。⑥行取：明清时的选官制度。吏部可将政绩卓著的州县长官调入京城，转迁六科给事中或各道御史等官职。⑦纨：用细绢做的裤子。后代称富贵人家的子弟。

罗刹海市

马骥字龙媒，贾人子，美丰姿，少倜傥，喜歌舞。辄从梨园子弟，以锦帕缠头，美如好女，因复有『俊人』之号。十四岁入郡庠，即知名。父衰老罢贾而归，谓生曰：『数卷书，饥不可煮，寒不可衣，吾儿可仍继父贾。』马由是稍稍权子母。从人浮海，为飘风引去，数昼夜至一都会。其人皆奇丑，见马至，以为妖，群哗而走。马初见其状，大惧，迨知国中之骇己也，遂反以此欺国人。遇饮食者则奔而往，人惊遁，则啜其余。久之入山村，其间形貌亦有似人者，然褴褛如丐。马息树下，村人不敢前，但遥望之。久之觉马非噬人者，始稍稍近就之。马笑与语，其言虽异，亦半可解。马遂自陈所自，村人喜，遍告邻里，客非能搏噬者。然奇丑者望望即去，终不敢前；其来者，口鼻位置，尚皆与中国同，共罗浆酒奉马。马问其相骇之故，答曰：『尝闻祖父言：西去二万六千里，有中国，其人民形象率

人能识英雄于尘埃，誓嫁之志，期以必死；曾俨然而冠裳也者，顾弃德行而求膏粱，何智出婢子下哉！

【注释】①瘵发：……所选授官职。②缘族王孙：指贵族子弟。……锦。刺绣为绣。今指精美华丽的服饰。③无立锥：贫无立锥之地。指非常贫穷。《汉书·食货志》："富者田连阡陌，贫者亡立锥之地。"④侧室：小妾。妾室。古时称妻子为正室，称小妾为偏室。⑤视：视为，指。……所。⑥行取：明清时的选官制度。吏部可推荐政绩卓著的州县官调入京城，并任六科给事中或各道御史等官职。⑦纨：用细绢做的裤子。后代指富贵人家的子弟。

罗刹海市

马骥，字龙媒，贾人子。美丰姿，少倜傥，喜歌舞。辄从梨园子弟，以锦帕缠头，美如好女，因复有『俊人』之号。十四岁，入郡庠，即知名。父衰老，罢贾而归，谓生曰：『数卷书，饥不可煮，寒不可衣。吾儿可仍继父贾。』马由是稍稍权子母。从人浮海，为飓风引去，数昼夜至一都会。其人皆奇丑，见马至，以为妖，群哗而走。马初见其状，大惧，迨知国中之骇己也，遂反以此欺国人。遇饮食者则奔而往，人惊遁，则啜其余。久之入山村，其间形貌亦有似人者，然褴褛如丐。马息树下，村人不敢前，但遥望之。久之，觉马非噬人者，始稍稍近就之。马笑与语，其言虽异，亦半可解。马遂自陈所自，村人喜，遍告邻里，客非能搏噬者。然奇丑者望望即去，终不敢前；其来者，口鼻位置，尚皆与中国同，共罗浆酒奉马。马问其相骇之故，答曰：『尝闻祖父言：西

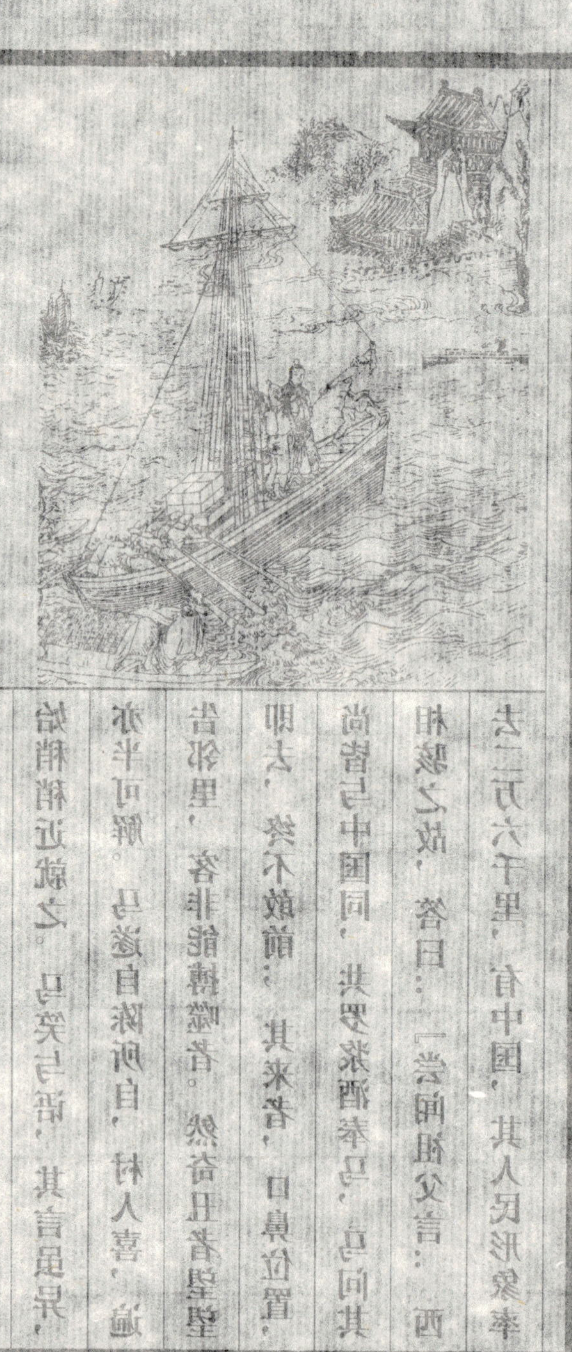

去二万六千里，有中国，其人民形象率

《史记·六国年表序》：学者牵于所闻，见秦在帝位日浅，不察终始，举而笑之，不敢道。此与以耳食无异。

诡异。但耳食①之，今始信。」问其何贫，曰：「我国所重，不在文章，而在形貌。其美之极者，为上卿；次任民社；下焉者，亦邀贵人宠，故得鼎烹以养妻子。若我辈初生时，父母皆以为不祥，往往置弃之，其不忍遽弃者，皆为宗嗣耳。」问：「此名何国？」曰：「大罗刹国。都城在北去三十里。」马请导往一观。于是鸡鸣而兴，引与俱去。

天明，始达都。都以黑石为墙，色如墨，楼阁近百尺。然少瓦，覆以红石，拾其残块磨甲上，无异丹砂。时值朝退，朝中有冠盖出，村人指曰：「此相国也。」视之，双耳皆背生，鼻三孔，睫毛覆目如帘。又数骑出，曰：「此大夫也。」以次各指其官职，率狰狞怪异。然位渐卑，丑亦渐杀。无何，马归，街衢人望见之，噪奔跌蹶，如逢怪物。村人百口解说，市人始敢遥立。既归，国中咸知有异人，于是缙绅大夫，争欲一广见闻，遂令村人要马。每至一家，

阍人辄阖②户，丈夫女子窃窃自门隙中窥语，终一日，无敢延见者。村人曰：「此间一执戟郎，曾为先王出使异国，所阅人多，或不以子为惧。」造郎门。郎果喜，揖为上客。视其貌，如八九十岁人。目睛突出，须卷如猬。曰：「仆少奉王命出使最多，独未至中华。今一百二十余岁，又得见上国人物，此不可不上闻于天子。然臣卧林下，十余年不践朝阶，早旦为君一行。」乃具饮馔，修主客礼。酒数行，出女乐十余人，更番歌舞。貌类夜叉，皆以白锦缠头，拖朱衣及地。扮唱不知何词，腔拍恢诡。主人顾而乐之。问：「中国亦有此乐乎？」曰：「有。」主人请拟其声，遂击桌为度一曲。主人喜曰：「异哉！声如凤鸣龙啸，从未曾闻。」

翼日趋朝，荐诸国王。王忻然下诏，有二三大夫言其怪状，恐惊圣体，王乃止。郎出告马，深为扼腕。居久之，与主人饮而醉，把剑起舞，以煤涂面作

张飞。主人以为美，曰：『请君以张飞见宰相，厚禄不难致。』马曰：『游戏犹可，何能易面目图荣显？』主人强之，马乃诺。主人设筵，邀当路者，令马绘面以待。客至，呼马出见客。客讶曰：『异哉！何前媸而今妍也！』遂与共饮，甚欢。马婆娑歌『弋阳曲』，一座无不倾倒。明日交章荐马，王喜，召以旌节。既见，问中国治安之道，马委曲上陈，大蒙嘉叹，赐宴离宫。酒酣，王曰：『闻卿善雅乐，可使寡人得而闻之乎？』马即起舞，亦效白锦缠头，作靡靡之音。王大悦，即日拜下大夫。时与私宴，恩宠殊异。久而官僚知其面目之假，所至，辄见人耳语，不甚与款洽。马至是孤立，然不自安。遂上疏乞休致，不许；又告休沐，乃给三月假。

于是乘传载金宝，复归村。村人膝行以迎。马以金资分给旧所与交好者，欢声雷动。村人曰：『吾侪小人受大夫赐，明日赴海市，当求珍玩以报』，问：『海市何地？』曰：『海中市，四海鲛人，集货珠宝。四方十二国，均来贸易。中多神人游戏。云霞障天，波涛间作。贵人自重，不敢犯险阻，皆以金帛付我辈代购异珍。今其期不远矣。』问所自知，曰：『每见海上朱鸟往来，七日即市。』马问行期，欲同游瞩，村人劝使自贵。马曰：『我顾沧海客，何畏风涛？』未几，果有踵门寄资者，遂与装资入船。船容数十人，平底高栏。十人摇橹，激水如箭。凡三日，遥见水云幌漾之中，楼阁层叠，贸迁之舟，纷集如蚁。少时抵城下，视墙上砖皆长与人等，敌楼高接云汉。维舟而入，见市上所陈，奇珍异宝，光明射目，多人世所无。

一少年乘骏马来，市人尽奔避，云是『东洋三世子③。』世子过，目生曰：『此非异域人。』即有前马者来诘乡籍。生揖道左，具展邦族。世子喜曰：『既蒙辱临，缘分不浅！』于是授生骑，请与连辔。乃出西城，方至岛

岸，所骑嘶跃入水。生大骇失声。则见海水中分，屹如壁立。俄睹宫殿，玳瑁为梁，鲂鳞作瓦，四壁晶明，鉴影炫目。下马揖入。仰视龙君在上，世子启奏：『臣游市廛，得中华贤士，引见大王。』生前拜舞。龙君乃言：『先生文学士，必能衙官屈、宋。欲烦椽笔赋「海市」，幸无吝珠玉。』生稽首受命。授以水晶之砚，龙鬣之毫，纸光似雪，墨气如兰。生立成千余言，献殿上。龙君击节曰：『先生雄才，有光水国矣！』遂集诸龙族，宴集采霞宫。酒炙数行，龙君执爵向客曰：『寡人所怜女，未有良匹，愿累先生。先生倘有意乎？』生离席愧荷，唯唯而已。龙君顾左右语。无何，宫女数人扶女郎出，佩环声动，鼓吹暴作，拜竟睨之，实仙人也。女拜已而去。少时酒罢，双鬟挑画灯，导生入副宫，女浓妆坐伺。珊瑚之床饰以八宝④，帐外流苏⑤缀明珠如斗大，衾褥皆香软。天方曙，雏女妖鬟，奔入满侧。生起，趋出朝谢。拜为驸马都尉。以

其赋驰传诸海。诸海龙君，皆专员来贺，争折简招驸马饮。生衣绣裳，坐青虬，呵殿而出。武士数十骑，背雕弧，荷白，晃耀填拥。马上弹筝，车中奏玉。三日间，遍历诸海。由是『龙媒』之名，噪于四海。宫中有玉树一株，围可合抱，本莹澈如白琉璃，中有心淡黄色，稍细于臂，叶类碧玉，厚一钱许，细碎有浓阴。常与女啸咏其下。花开满树，状类薝葡。每一瓣落，锵然作响。拾视之，如赤瑙雕镂，光明可爱。时有异鸟来鸣，毛金碧色，尾长于身，声等哀玉，恻人肺腑。生闻之，辄念故土。因谓女曰：『亡出三年，恩慈间阻，每一念及，涕膺汗背。卿能从我归乎？』女曰：『仙尘路隔，不能相依。妾亦不忍以鱼水之爱，夺膝下之欢。容徐谋之。』生闻之，涕不自禁。女亦叹曰：『此势之不能两全者也！』明日，生自外归。龙王曰：『闻都尉有故土之思，诘旦趣装，可乎？』生谢曰：『逆旅孤臣，过蒙优宠，衔报之思，结于肺腑。

容暂归省，当图复聚耳。』入暮，女置酒话别。生订后会，女曰：『情缘尽矣。』生大悲，女曰：『归养双亲，见君之孝，人生聚散，百年犹旦暮耳，何用作儿女哀泣？此后妾为君贞，君为妾义，两地同心，即伉俪也，何必旦夕相守，乃谓之偕老乎？若渝此盟，婚姻不吉。倘虑中馈乏人，纳婢可耳。更有一事相嘱：自奉衣裳⑥，似有佳朕，烦君命名。』生曰：『女耶，可名龙宫，男耶，可名福海。』女乞一物为信，生在罗刹国所得赤玉莲花一对，出以授女。女曰：『三年后四月八日，君当泛舟南岛，还君体胤。』女以鱼革为囊，实以珠宝，授生曰：『珍藏之，数世吃着不尽也。』天微明，王设祖帐，馈遗甚丰。生拜别出宫，女乘白羊车，送诸海涘。生上岸下马，女致声珍重，回车便去，少顷便远，海水复合，不可复见。生乃归。

自浮海去，家人无不谓其已死；及至家人皆诧异。幸翁媪无恙，独妻已去帷。乃悟龙女『守义』之言，盖已先知也。父欲为生再婚，生不可，纳婢焉。谨志三年之期，泛舟岛中。见两儿坐在水面，拍流嬉笑，不动亦不沉。近引之，儿哑然捉生臂，跃入怀中。其一大啼，似嗔生之不援己者。亦引上之。细审之，一男一女，貌皆俊秀。额上花冠缀玉，则赤莲在焉。背有锦囊，拆视，得书云：『翁姑俱无恙。忽忽三年，红尘永隔；盈盈一水，青鸟难通，结想为梦，引领成劳。茫茫蓝蔚，有恨如何也！顾念奔月姮娥，且虚桂府；投梭织女，犹怅银河。我何人斯，而能永好？兴思及此，辄复破涕为笑。别后两月，竟得孪生。今已啁啾⑦怀抱，颇解言笑；觅枣抓梨，不母可活。敬以还君。所贻赤玉莲花，饰冠作信。膝头抱儿时，犹妾在左右也。闻君克践旧盟，意愿斯慰。妾此生不二，之死靡他。奁中珍物，不蓄兰膏；镜里新妆，久辞粉黛。君似征人，妾作荡妇，即置而不御，亦何得谓非琴瑟⑧哉？独计

⑥《诗·齐风·东方未明》：东方未明，颠倒衣裳。

⑧《诗·周南·关雎》：窈窕淑女，琴瑟友之。

翁姑已得抱孙，曾未一觌新妇，揆之情理，亦属缺然。岁后阿姑窀穸⑨，当往临穴，一尽妇职。过此以往，则「龙宫」无恙，不少把握之期；「福海」长生，或有往还之路。伏惟珍重，不尽欲言。」生反覆省书揽涕。两儿抱颈曰：『归休乎！』生益恸，抚之曰：『儿知家在何许？』儿啼，呕哑言归。生视海水茫茫，极天无际，雾鬟人渺，烟波路穷。抱儿返棹，怅然遂归。

生知母寿不永，周身物悉为预具，墓中植松槚百余。逾岁，媪果亡。灵舆至殡宫，有女子缞绖临穴。众惊顾，忽而风激雷轰，继以急雨，转瞬已失所在。松柏新植多枯，至是皆活。福海稍长，辄思其母，忽自投入海，数日始还。龙宫以女子不得往，时掩户泣。一日昼暝，龙女急入，止之曰：『儿自成家，哭泣何为？』乃赐八尺珊瑚一株，龙脑香⑩一帖，明珠百粒，八宝嵌金合一双，为嫁资。生闻之突入，执手啜泣。俄顷，迅雷破屋，女已无矣。

异史氏曰：花面逢迎，世情如鬼。嗜痂之癖，举世一辙。『小惭小好，大惭大好』。若公然带须眉以游都市，其不骇而走，几希矣！彼陵阳痴子，将抱连城玉向何处哭也？呜呼！显荣富贵，当于蜃楼海市中求之耳！

注释 ①耳食：比喻不加调查就轻信传闻。《史记·六国年表序》：『学者牵于所闻，见秦在帝位日浅，不察终始，举而笑之，不敢道。此与以耳食无异。』②阖：关闭。③世子：帝王或诸侯的法定继承人的封号。④八宝：指金银、珍珠、玛瑙等各种珠宝。⑤流苏：用彩丝或鸟羽做成的垂缨。⑥奉衣裳：指妻子侍奉丈夫穿衣。衣，上身穿的衣服。裳，下身穿的衣服。《诗·齐风·东方未明》：『东方未明，颠倒衣裳。』⑦啁啾：小鸟的叫声。此处指幼儿学话的声音。⑧琴瑟：喻指夫妻。《诗·周南·关雎》：『窈窕淑女，琴瑟友之。』⑨窀穸：墓穴。此处指下葬。⑩龙脑香：即由龙脑树所提炼的香料。

田七郎

武承休，辽阳人，喜交游，所与皆知名士。夜梦一人告之曰：『子交游遍海内，皆滥交耳。惟一人可共患难，何反不识？』问：『何人？』曰：『田七郎非与？』醒而异之。诘朝见所游，辄问七郎。客或识为东村业猎者，武敬谒

诸家，以马棰挝门。未几一人出，年二十余，貙目蜂腰，着腻帢[1]，衣皂犊鼻[2]，多白补缀，拱手于额而问所自。武展姓氏，且托途中不快，借庐憩息。问七郎，答曰：『我即是也。』遂延客入。见破屋数椽，木岐支壁。入一小室，虎皮狼蜕，悬布槛间，更无杌榻可坐，七郎就地设皋比焉。武与语，言词朴质，大悦之。遽贻金作生计，七郎不受；固予之，七郎受以白母。俄顷将还，固辞不受。武强之再四，母龙钟而至，厉色曰：『老身止此儿，不欲令事贵客！』武惭而退。归途展转，不解其意。适从人于室后闻母言，因以告武。先是，七郎持金白母，母曰：『我适睹公子有晦纹，必罹奇祸。闻之：受人知者分人忧，受人恩者急人难。富人报人以财，贫人报人以义。无故而得重赂，不祥，恐将取死报于子矣。』武闻之，深叹母贤，然益倾慕七郎。翼日设筵招之，辞不至。武登其堂，坐而索饮。七郎自行酒，陈鹿脯，殊尽情礼。越日武邀酬之，乃至。款洽甚欢。赠以金，即不受。武托购虎皮，乃受之。归视所蓄，计不足偿，思再猎而后献之。入山三日，无所猎获。会妻病，守视汤药，不遑操业。浃旬妻淹忽以死，为营斋葬，所受金稍稍耗去。武亲临唁送，礼仪优渥。既葬，负弩山林，益思所以报武。武探得其故，辄劝勿亟。切望七郎姑一临存，而七郎终以负债为憾，不肯至。武因先索旧藏，以速其来。七郎检视故革，则蠹蚀殃败，毛尽脱，懊丧益甚。武知之，驰行其庭，极意慰解之。又视败革，曰：『此亦复佳。仆所欲得，原不以毛。』遂轴鞟出，兼邀同往。七郎不可，乃自归。七郎终以不足报武为念，裹粮入山，凡数夜，得一虎，全而馈之。武喜，治具，请三日留，七郎辞之坚，武键庭户使不得出。宾客见七郎朴陋，窃谓公子妄交。武周旋七郎，殊异诸客。为易新服却不受，承其寐而潜易之，不得已而受。既去，其子奉媪命，返新衣，索其敝裰。武笑曰：『归语

老姥，故衣已拆作履衬矣。」自是。七郎以兔鹿相贻，召之即不复至。武一日诣七郎，值出猎未返。媪出，跨阃而语曰：「再勿引致吾儿，大不怀好意！」武敬礼之，惭而退。

半年许，家人忽白：「七郎为争猎豹，殴死人命，捉将官里去。」武大惊，驰视之，已械收在狱。见武无言，但云：「此后烦恤老母。」武惨然出，急以重金赂邑宰，又以百金赂仇主。月余无事，释七郎归。母慨然曰：「子发肤受之武公子耳，非老身所得而爱惜者。但祝公子百年无灾患，即儿福。」七郎欲诣谢武，母曰：「往则往耳，见武公子勿谢也。小恩可谢，大恩不可谢。」七郎见武，武温言慰藉，七郎唯唯。家人咸怪其疏，武喜其诚笃，厚遇之，由是恒数日留公子家。馈遗辄受，不复辞，亦不言报。会武初度，宾从烦多，夜舍履满③。武偕七郎卧斗室中，三仆即床下卧。二更向尽，诸仆皆睡去，两人犹

刺刺语。七郎背剑挂壁间，忽自腾出匣数寸，铮铮作响，光闪烁如电。武惊起，七郎亦起，问：「床下卧者何人？」武答：「皆厮仆。」七郎曰：「此中必有恶人。」武问故，七郎曰：「此刀购诸异国，杀人未尝濡缕，迄佩三世矣。决首至千计，尚如新发于硎。见恶人则鸣跃，当去杀人不远矣。公子宜亲君子，远小人，或万一可免。」武颔之。七郎终不乐，辗转床席。武曰：「灾祥数耳，何忧之深？」七郎曰：「我别无恐怖，徒以有老母在。」武曰：「何遽至此？」七郎曰：「无则更佳。」

盖床下三人：一为林儿，是老弥子，能得主人欢；一僮仆，年十二三，武所常役者；一李应，最拗拙，每因细事与公子裂眼争，武恒怒之。当夜默念，疑此人。诘旦唤至，善言绝令去。武长子绅，娶王氏。一日武出，留林儿居守。斋中菊花方灿，新妇意翁出，斋庭当寂，自诣摘菊。林儿突出勾戏，妇

欲遁，林儿强挟入室。妇啼拒，色变声嘶。绅奔入，林儿始释手逃去。武归闻之，怒觅林儿，竟已不知所之。过二三日，始知其投身某御史家。某官都中，家务皆委决于弟。武以同袍义④，致书索林儿，某弟竟置不发。武益恚，质词邑宰。勾牒⑤虽出，而隶不捕，官亦不问。武方愤怒，适七郎至。武曰：『君言验矣。』因与告诉。七郎颜色惨变，终无一语，即径去。武嘱干仆逻察林儿。林儿夜归，为逻者所获，执见武。武掠楚之，林儿语侵武。武叔恒，故长者，恐侄暴怒致祸，劝不如治以官法。武从之，絷赴公庭。而御史家刺书邮至，宰释林儿，付纪纲以去。林儿意益肆，倡言丛众中，诬主人妇与私。武无奈之，忿塞欲死。驰登御史门，俯仰叫骂，里舍慰劝令归。

逾夜，忽有家人白：『林儿被人脔割⑥，抛尸旷野间。』武惊喜，意稍得伸。俄闻御史家讼其叔侄，遂偕叔赴质。宰不听辨，欲笞恒。武抗声曰：『杀人莫须有！至辱詈缙绅，则生实为之，无与叔事。』宰置不闻。武裂眦欲上，群役禁之。操杖隶皆绅家走狗，恒又老耄，签数⑦未半，奄然已死。宰见武叔垂毙，亦不复究。武号且骂，宰亦若弗闻者。遂舁叔归，哀愤无所为计。因思欲得七郎谋，而七郎终不一吊问。窃自念待伊不薄，何遽如行路人？亦疑杀林儿必七郎。转念果尔，胡得不谋？于是遣人探索其家，至则扃鐍寂然，邻人并不知耗。

一日，某弟方在内廨⑧，与宰关说，值晨进薪水，忽一樵人至前，释担抽利刃直奔之。某惶急以手格刃，刃落断腕，又一刀始决其首。宰大惊，窜去。樵人犹张皇四顾。诸役吏急阖署门，操杖疾呼。樵人乃自刭死。纷纷集认，识者知为田七郎也。宰惊定，始出验，见七郎僵卧血泊中，手犹握刃。方停盖审视，尸忽突然跃起，竟决宰首，已而复踣。衙官捕其母子，则亡去已数日矣。

《诗·秦风·无衣》：岂曰无衣，与子同袍。

武闻七郎死，驰哭尽哀。咸谓其主使七郎，武破产夤缘当路，始得免。七郎尸弃原野月余，禽犬环守之。武厚葬之。其子流寓于登，变姓为佟。起行伍，以功至同知将军。归辽，武已八十余，乃指示其父墓焉。

异史氏曰：一钱不轻受，正一饭不敢忘者也。贤哉母乎！七郎者，愤未尽雪，死犹伸之，抑何其神？使荆卿⑨能尔，则千载无遗恨矣。苟有其人，可以补天网之漏。世道茫茫，恨七郎少也。悲夫！

注释 ①恰：便帽，相传为曹操所创。②皂犊鼻：黑色围裙。犊鼻，围裙，因形如犊鼻故称。③夜舍履满：指旅馆里住满了。夜舍，馆舍，旅馆。履，鞋子。履满，指客满。④同袍义：同事的情谊。《诗·秦风·无衣》：『岂曰无衣，与子同袍。』袍，过膝的外衣服，类似后来的斗篷。⑤勾牒：指拘捕犯人的公文。⑥脔割：割碎。脔，割成小肉块。⑦签数：指杖刑的杖数。古时执行杖刑时，由审讯者确定杖数，施刑者按照分付的数目施刑。⑧内廨：官署的内舍。廨，旧时官吏办公的地方。⑨荆卿：指战国人荆轲。荆轲曾奉燕国太子丹的命令去刺杀秦王嬴政，事败，被秦王所杀。

公孙九娘

于七一案①，连坐②被诛者，栖霞、莱阳两县最多。一日俘数百人，尽戮于演武场中，碧血③满地，白骨撑天。上官慈悲，捐给棺木。济城工肆，材木一空。以故伏刑东鬼，多葬南郊。甲寅间，有莱阳生至稷下，有亲友二三人亦在诛数，因市楮帛，酹奠榛墟，就税舍于下院之僧。明日，入城营干，日暮未归。忽一少年，造室来访。见生不在，脱帽登床，着履仰卧。仆人问其谁，合眸不对。既而生归，则暮色朦胧，不甚可辨。自诣床下问之，瞠目曰：『我候汝主人，絮絮逼问，我岂暴客耶！』生笑曰：『主人在此。』少年即起着冠，揖而坐，极道寒暄，听其音，似曾相识。急呼灯至，则同邑朱生，亦死于七之难者。大骇却走，朱曳之云：『仆与君文字之交，何寡于情？我虽鬼，故人之念，耿耿不忘。今有所渎，愿无以异物猜薄之。』生乃坐，请所命。曰：

《诗·秦风·无衣》：岂曰无衣，与子同袍。

欲遁，林儿强挟入室。妇啼拒，色变声嘶。绅奔入，林儿始释手逃去。武归闻之，怒觅林儿，竟已不知所之。过二三日，始知其投身某御史家。某官都中，家务皆委决于弟。武以同袍义[4]，致书索林儿，某弟竟置不发。武益恚，质词邑宰。勾牒[5]虽出，而隶不捕，官亦不问。武方愤怒，适七郎至。武曰：『君言验矣。』因与告诉。七郎颜色惨变，终无一语，即径去。武嘱干仆逻察林儿。林儿夜归，为逻者所获，执见武。武掠楚之，林儿语侵武。武叔恒，故长者，恐侄暴怒致祸，劝不如治以官法。武从之，絷赴公庭。而御史家刺书邮至，宰释林儿，付纪纲以去。林儿意益肆，倡言丛众中，诬主人妇与私。武无奈之，忿塞欲死。驰登御史门，俯仰叫骂，里舍慰劝令归。

逾夜，忽有家人白：『林儿被人脔割[6]，抛尸旷野间。』武惊喜，意稍得伸。俄闻御史家讼其叔侄，遂偕叔赴质。宰不听辨，欲笞恒。武抗声曰：『杀人莫须有！至辱詈缙绅，则生实为之，无与叔事。』宰置不闻。武裂眦欲上，群役禁之。操杖隶皆绅家走狗，恒又老耄，签数[7]未半，奄然已死。宰见武叔垂毙，亦不复究。武号且骂，宰亦若弗闻者。遂舁叔归，哀愤无所为计。因思欲得七郎谋，而七郎终不一吊问。窃自念待伊不薄，何遽如行路人？亦疑杀林儿必七郎。转念果尔，胡得不谋？于是遣人探索其家，至则扃鐍寂然，邻人并不知耗。

一日，某弟方在内廨[8]，与宰关说，值晨进薪水，忽一樵人至前，释担抽利刃直奔之。某惶急以手格刃，刃落断腕，又一刀始决其首。宰大惊，窜去。樵人犹张皇四顾。诸役吏急阖署门，操杖疾呼。樵人乃自刭死。纷纷集认，识者知为田七郎也。宰惊定，始出验，见七郎僵卧血泊中，手犹握刃。方停盖审视，尸忽突然跃起，竟决宰首，已而复踣。衙官捕其母子，则亡去已数日矣。

《诗·小雅·蓼莪》："无父何怙，无母何恃。"

『令女甥寡居无偶，仆欲得主中馈。屡通媒约，辄以无尊长命为辞。幸无惜齿牙余惠。』先是，生有女甥，早失恃④，遗生鞠⑤养，十五始归其家。俘至济南，闻父被刑，惊而绝。生曰：『渠自有父，何我之求？』朱曰：『其父为犹子启榇去，今不在此。』问：『女甥向依阿谁？』曰：『与邻媪同居。』生虑生人不能作鬼媒。朱曰：『如蒙金诺，还屈玉趾⑥。』遂起握生手，生固辞，问：『何之？』曰：『第行。』勉从与去。

北行里许，有大村落，约数十百家。至一第宅，朱以指弹扉，即有媪出，豁开两扉，问朱：『何为？』曰：『烦达娘子，云阿舅至。』媪旋反，顷复出，邀生入，顾朱曰：『两椽茅舍子大隘，劳公子门外少坐候。』生从之入。见半亩荒庭，列小室二。女甥迎门啜泣，生亦泣，室中灯火荧然。女貌秀洁如生，凝目含涕，遍问妗姑。生曰：『具各无恙，但荆人⑦物故矣。』女又呜咽曰：

『儿少受舅妗抚育，尚无寸报，不图先葬沟渎，殊为恨恨。旧年伯伯家大哥迁父去，置儿不一念，数百里外，伶仃如秋燕。舅不以沉魂可弃，又蒙赐金帛，儿已得之矣。』生以朱言告，女俯首无语。媪曰：『公子曩托杨姥三五返，老身谓是大好。小娘子不肯自草草，得舅为政，方此意慊得。』言次，一十七八女郎，从一青衣遽掩入，瞥见生，转身欲遁。女牵其裾曰：『勿须尔！是阿舅。』生揖之。女郎亦敛衽⑧。甥曰：

公孙九娘

月落楓林路窈冥，冰人轉白得娉婷。一雙羅襪鳧趺膩，猶染當年碧血腥。

魏文帝《与吴质书》：观其姓名已为鬼录，追思昔游，犹在心目，而此诸子，化为粪壤，可复道哉！

『九娘，栖霞公孙氏。阿爹故家子，今亦「穷波斯」，落落不称意。且晚与儿还往。』生睨之，笑弯秋月，羞晕朝霞，实天人也。曰：『可知是大家，蜗庐[9]人焉得如此娟好！』甥笑曰：『且是女学士，诗词俱大高。昨儿稍得指教。』九娘微哂曰：『小婢无端败坏人，教阿舅齿冷也。』甥又笑曰：『舅断弦未续，若个小娘子，颇能快意否？』九娘笑奔出，曰：『婢子颠疯作也！』遂去，言虽近戏，而生殊爱好之，甥似微察，乃曰：『九娘才貌无双，舅倘不以粪壤[10]致猜，儿当请诸其母。』生大悦，然虑人鬼难匹。女曰：『无伤，彼与舅有夙分。』生乃出。女送之，曰：『五日后，月明人静，当遣人往相迓。』生至户外，不见朱。翘首西望，月衔半规，昏黄中犹认旧径。见南面一第，朱坐门石上，起逆曰：『相待已久，寒舍即劳垂顾。』遂携手入，殷殷展谢。出金爵一、晋珠百枚，曰：『他无长物，聊代禽仪。』既而曰：『家有浊醪，但幽室之物，

不足款嘉宾，奈何！』生撝谢而退。朱送至中余，始别。

生归，僧仆集问，隐之曰：『言鬼者妄也，适友人饮耳。』后五日，朱果来，整履摇，意甚欣。方至户，望尘即拜。笑曰：『君嘉礼既成，庆在旦夕，便烦枉步。』生曰：『以无回音，尚未致聘，何遽成礼？』朱曰：『仆已代致之。』生深感荷，从与俱去。直达卧所，则女甥华妆迎笑。生问：『何时于归？』女曰：『三日矣。』朱乃出所赠珠，为甥助妆。女三辞乃受，谓生曰：『儿以舅意白公孙老夫人，夫人作大欢喜。但言老耄无他骨肉，不欲九娘远嫁，期今夜舅往赘诸其家。伊家无男子，便可同郎往也。』朱乃导去。村将尽，一第门开，二人登其堂。俄白：『老夫人至。』有二青衣扶妪升阶。生欲展拜，夫人云：『老朽龙钟，不能为礼，当即脱边幅。』指画青衣，进酒高会。朱乃唤家人，另出肴俎，列置生前；亦别设一壶，为客行觞[11]。筵中进馔，无异

人世。然主人自举，殊不劝进。

既而席罢，朱归。青衣导生去，入室，则九娘华烛凝待。邂逅含情，极尽欢昵。初，九娘母子，原解赴都。至郡，母不堪困苦死，九娘亦自刭。枕上追述往事，哽咽不成眠。乃口占两绝云：『昔日罗裳化作尘，空将业果恨前身。十年露冷枫林月，此夜初逢画阁春。』『白杨风雨绕孤坟，谁想阳台更作云？忽启镂金箱里看，血腥犹染旧罗裙。』天将明，即促曰：『君宜且去，勿惊厮仆。』自此昼来宵往，嬖惑殊甚。

一夕问九娘：『此村何名？』曰：『莱霞里。里中多两处新鬼，因以为名。』生闻之欷歔。女悲曰：『千里柔魂，蓬游无底，母子零孤，言之怆恻。幸念一夕恩义，收儿骨归葬墓侧，使百年得所依栖，死且不朽。』生诺之。女曰：『人鬼路殊，君不宜久滞。』乃以罗袜赠生，挥泪促别。生凄然出，忉怛不忍归。因过叩朱氏之门。朱白足出逆；甥亦起，云鬓笼松，惊来省问。生惆怅移时，始述九娘语。女曰：『妗氏不言，儿亦夙夜图之。此非人世，不可久居。』于是生含涕而别。叩寓归寝，展转申旦[12]。欲觅九娘之墓，则忘问志表。及夜复往，则千坟累累，竟迷村路，叹恨而返。展视罗袜，着风寸断，腐如灰烬，遂治装东旋。

半载不能自释，复如稷门，冀有所遇。及抵南郊，日势已晚，息树下，趋诣丛葬所。但见坟兆万接，迷目榛荒，鬼火狐鸣，骇人心目。惊悼归舍。失意遨游，返辔遂东。行里许，遥见一女立丘墓上，神情意致，怪似九娘。挥鞭就视，果九娘。下与语，女径走，若不相识。再逼近之，色作怒，举袖自障。顿呼『九娘』，则烟然灭矣。

异史氏曰：香草沉罗，血满胸臆；东山佩玦，泪渍泥沙。古有孝子忠

臣，至死不谅于君父者。公孙九娘岂以负骸骨之托，而怨怼不释于中耶？脾膈间物，不能掬以相示，冤乎哉！

注释 ①于七一案：指于七反清事件。于七，名乐吾，字孟熹，行七，山东栖霞人。清顺治五年，率众起义反清，清政府对起义地区的人民进行残酷镇压，许多人无辜惨死。②连坐：被别人牵连而获罪。坐，获罪。③碧血：用『血化为碧』的典故。据《庄子·外物》载，周大夫芒弘无辜被杀，人们被他的正气所感动，将他的血收藏起来，三年后变为碧玉。④失恃：丧母。《诗·小雅·蓼莪》：『无父何怙，无母何恃。』⑤鞠：养育，抚养。⑥屈玉趾：劳烦您走一趟。玉趾，即贵步，称人行止的敬辞。⑦荆人：旧时对人称己妻的谦辞。⑧敛衽：古时的一种拜礼。后专指妇女行礼。⑨蜗庐：喻指小户人家的房子。《古今注·鱼虫》：『野人结圆舍，如蜗牛之壳，曰蜗舍。』⑩粪壤：指死者。魏文帝《与吴质书》：『观其姓名已为鬼录，追思昔游，犹在心区，而此诸子，化为粪壤，可复道哉！』⑪行觞：斟酒。觞，古时的一种酒器。⑫展转申旦：指难以入睡。申旦，从黑天到白天。

促织

宣德间，宫中尚促织之戏，岁征民间。此物故非西产。有华阴令，欲媚上官，以一头进，试使斗而才，因责常供。令以责之里正①。市中游侠儿，得佳者笼养之，昂其直，居为奇货。里胥猾黠，假此科敛丁口，每责一头，辄倾数家之产。

促織

莎雞遠貢重天貴
有常供例不蠲何物
癡兒偏致富生
生死死亦堪憐

邑有成名者，操童子业，久不售。为人迂讷②，遂为猾胥报充里正役，百计营谋不能脱。不终岁，薄产累尽。会征促织，成不敢敛户口，而又无所赔偿，忧闷欲死。妻曰：『死何益？不如自行搜觅，冀有万一之得。』成然之。早出暮归，提竹筒铜丝笼，于败堵丛草处探石发穴，靡计不施，迄无济。即捕三两头，又劣弱不中于款。宰严限追比，旬余，杖至百，两股间脓血流离，

并虫不能行捉矣。转侧床头，惟思自尽。时村中来一驼背巫，能以神卜。成妻具资诣问，见红女白婆，填塞门户。入其室，则密室垂帘，帘外设香几。问者爇香于鼎，再拜。巫从旁望空代祝，唇吻翕辟，不知何词，各各竦立以听。少间，帘内掷一纸出，即道人意中事，无毫发爽。成妻纳钱案上，焚香以拜。食顷，帘动，片纸抛落。拾视之，非字而画，中绘殿阁类兰若，后小山下怪石乱卧，针针丛棘，青麻头③伏焉；旁一蟆，若将跳舞。展玩不可晓。然睹促织，隐中胸怀，折藏之，归以示成。成反复自念：『得无教我猎虫所耶？』细瞻景状，与村东大佛阁真逼似。乃强起扶杖，执图诣寺后，有古陵蔚起。循陵而走，见蹲石鳞鳞，俨然类画。遂于蒿莱中侧听徐行，似寻针芥④，寻之多时，绝无踪响。冥搜未已，一癞头蟆猝然跃去。成益愕，急逐之。蟆入草间，蹑迹披求，见有虫伏棘根，遽扑之，入石穴中。掭以尖草不出，以筒水灌之始出。状极俊健，逐而得之。审视：巨身修尾，青项金翅。大喜归，举家庆贺。于是上于盆而养之，蟹白栗黄，备极护爱。留待限期，以塞官责。

成之子窃发盆视之，虫径跃去；及扑入手，已股落腹裂，斯须就毙。儿惧，啼告母。母闻之，面色灰死，大骂曰：『业根，死期至矣！翁归，自与汝复算耳！』未几成入，闻妻言，如被冰雪。怒索儿，儿已投入井中。因而化怒为悲，抢呼欲绝。夫妻向隅⑤，茅舍无烟，相对默然，不复聊赖。

日将暮，取儿藁葬，近抚之，气息然。喜置榻上，半夜复苏。夫妻心稍慰。但蟋蟀笼虚，顾之则气断声吞，亦不敢复究儿。自昏达曙，目不交睫。东曦既驾，僵卧长愁。忽闻门外虫鸣，惊起觇视，虫宛然尚在，喜而捕之。一鸣辄跃去，行且速。覆之以掌，虚若无物；手裁举，则又超而跃。急趁之，折过墙隅，迷其所往。徘徊四顾，见虫伏壁上。审谛之，短小，黑赤色，顿非前

《说苑·贵德》：今有满堂饮酒者，有一人独索然向隅而泣，则一堂之人皆不乐矣。

物。成以其小，劣之；惟彷徨瞻顾，寻所逐者。壁上小虫。忽跃落襟袖间，视之，形若土狗，梅花翅，方首长胫，意似良。喜而收之。将献公堂，惴惴恐不当意，思试之斗以觇之。

村中少年好事者，驯养一虫，自名『蟹壳青』，日与子弟角，无不胜。欲居之以为利，而高其直，亦无售者。径造庐访成。视成所蓄，掩口胡卢而笑。因出己虫，纳比笼中。成视之，庞然修伟，自增惭怍，不敢与较。少年固强之。顾念：蓄劣物终无所用，不如拚博一笑。因合纳斗盆。小虫伏不动，蠢若木鸡。少年又大笑。试以猪鬣毛撩拨虫须，仍不动。少年又笑。屡撩之，虫暴怒，直奔，遂相腾击，振奋作声。俄见小虫跃起，张尾伸须，直橦敌领。少年大骇，解令休止。虫翘然矜鸣，似报主知。成大喜。

方共瞻玩，一鸡瞥来，径进一啄。成骇立愕呼。幸啄不中，虫跃去尺有咫。鸡健进，逐逼之，虫已在爪下矣。成仓猝莫知所救，顿足失色。旋见鸡伸颈摆扑；临视，则虫集冠上，力叮不释。成益惊喜，掇置笼中。

翼日进宰。宰见其小，怒诃成。成述其异，宰不信。试与他虫斗，虫尽靡；又试之鸡，果如成言。乃赏成，献诸抚军。抚军大悦，以金笼进上，细疏其能。既入宫中，举天下所贡蝴蝶、螳螂、油利挞、青丝额……一切异状，遍试之，无出其右者。每闻琴瑟之声，则应节而舞。益奇之。上大嘉悦，诏赐抚臣名马衣缎。抚军不忘所自，无何，宰以『卓异』闻。宰悦，免成役；又嘱学使，俾入邑庠。由此以善养虫名，屡得抚军殊宠。不数岁，田百顷，楼阁万椽，牛羊蹄躈各千计。一出门，裘马过世家焉。

异史氏曰：天子偶用一物，未必不过此已忘；而奉行者即为定例。加之官贪吏虐，民日贴妇卖儿，更无休止。故天子一跬步皆关民命，不可忽也。第

成氏子以蠹贫，以促织富，裘马扬扬。当其为里正、受扑责时，岂意其至此哉！天将以酬长厚者⑥，遂使抚臣、令尹、并受促织恩荫。闻之：一人飞升，仙及鸡犬。信夫！

注释 ①里正：明代规定相邻的一百一十户为一「里」，一里之长即里正，主要负责催征粮税及分派徭役。②迂讷：拘谨不善于说话。③青麻头：一种上等的蟋蟀。《帝京景物略》：「凡促织，青为上，黄次之，赤次之，黑又次之，白为下。」④针芥：喻指极其细小的东西。⑤向隅：悲伤。《说苑·贵德》：「今有满堂饮酒者，有一人独索然向隅而泣，则一堂之人皆不乐矣。」⑥长厚者：忠厚善良的人。

狐谐

万福字子祥，博兴人，幼业儒，家贫而运蹇，年二十有奇，尚不能掇一芹。乡中浇俗，多报富户役，长厚者至碎破其家。万适报充役，惧而逃，如济南，税居逆旅。夜有奔女，颜色颇丽，万悦而私之，问姓氏。女自言：「实狐，然不为君祟。」万喜而不疑。女嘱勿与客共，遂日至，与共卧处。凡日用所需，无不仰给于狐。

居无何，二三相识，辄来造访，恒信宿不去。万厌之，而不忍拒，不得已以实告客。客愿一睹仙容，万白于狐。狐曰：「见我何为哉？我亦犹人耳。」闻其声，不见其人。客有孙得言者，善谑，固请见，且曰：「得听娇音，魂魄飞越。何吝容华，徒使人闻声相思？」狐笑曰：「贤孙子！欲为高曾母作行乐图耶？」众大笑。狐曰：「我为狐，请与客言狐典，颇愿闻之否？」众唯

唯①。狐曰：『昔某村旅舍，故多狐，辄出祟行客。客知之，相戒不宿其舍，半年，门户萧索。主人大忧，甚讳言狐。忽有一远方客，自言异国人，望门休止。主人大悦，甫邀入门，即有途人阴告曰：「是家有狐。」客惧，白主人，欲他徙。主人力白其妄，客乃止。入室方卧，见群鼠出于床下。客大骇，骤奔，急呼：「有狐！」主人惊问。客怒曰：「狐巢于此，何诳我言无？」主人又问：「所见何状？」客曰：「我今所见，细细幺麽②，不是狐儿，必当是狐孙子？」』言罢，座客粲然③。孙曰：『既不赐见，我辈留勿去，阻尔阳台。』狐笑曰：『寄宿无妨。倘有小迕犯，幸勿介怀。』客恐其恶作剧，乃共散去，然数日必一来，索狐笑骂。狐谐甚，每一语即颠倒宾客，滑稽者不能屈也。群戏呼为『狐娘子』。

一日，置酒高会，万居主人位，孙与二客分左右坐，上设一榻待狐。狐辞不善酒。咸请坐谈，许之。酒数行，众掷骰为瓜蔓之令④。客值瓜色，会当饮，戏以觥移上座曰：『狐娘子太清醒，暂借一杯。』狐笑曰：『我故不饮，愿陈一典，以佐诸公饮。』孙掩耳不乐闻。客皆曰：『骂人者当罚。』狐笑曰：『我骂狐何如？』众曰：『可。』于是倾耳共听。狐曰：『昔一大臣，出使红毛国，着狐腋冠见国王。王见而异之，问：「何皮毛，温厚乃尔？」大臣以狐对。王曰：「此物生平未曾得闻。狐字字画何等？」使臣书空而奏曰：「右边是一大瓜，左边是一小犬。」』主客又复哄堂。二客，陈氏兄弟，一名所见，一名所闻。见孙大窘，乃曰：『雄狐何在，而纵雌狐流毒若此？』狐曰：『适一典谈犹未终，遂为群吠所乱，请终之。国王见使臣乘一骡，甚异之。使臣告曰：「此马之所生。」又大异之。使臣曰：「中国马生骡，骡生驹驹。」王细问其状。使臣曰：「马生骡，是臣所见；骡生驹驹，是臣所闻。」』举坐又大笑。

众知不敌，乃相约：后有开谑端者，罚作东道主。

顷之酒酣，孙戏谓万曰：「一联请君属之。」万曰：「何如？」孙曰：「妓者出门访情人，来时「万福⑤」，去时「万福」。」众属思未对。狐笑曰：「我有之矣。」对曰：「龙王下诏求直谏，鳖也「得言」，龟也「得言」。」众绝倒。孙大恚曰：「适与尔盟，何复犯戒？」狐笑曰：「罪诚在我，但非此不能确对耳。明日设席，以赎吾过。」相笑而罢。狐之诙谐，不可殚述。居数月，与万偕归。及博兴界，告万曰：「我此处有葭莩亲，往来久梗，不可不一讯。日且暮，与君同寄宿，待旦而行可也。」万询其处，指言「不远。」万疑前此故无村落，姑从之。二里许，果见一庄，生平所未历。狐往叩关，一苍头出应门。入则重门叠阁，宛然世家。俄见主人，有翁与媪，揖万而坐。列筵丰盛，待万以姻娅，遂宿焉。狐早谓曰：「我遽偕君归，恐骇闻听。君宜先往，我将继至。」万从其言，先至，预白于家人。未几狐至，与万言笑，人尽闻之，不见其人。逾年，万复事于济，狐又与俱。忽有数人来，狐从与语，备极寒暄。乃语万曰：「我本陕中人，与君有夙因，遂从许时。今我兄弟来，将从以归，不能周事⑥。」留之不可，竟去。

注释 ①唯唯：象声词，应答之声。唯，地位或辈分低的人对地位或辈分高的人的应答。②细细幺麽：细微不足道的东西。细细，轻微。幺麽，微小。③粲然：笑时露出牙齿。④瓜蔓之令：一种酒令。⑤万福：古时女子向客人行礼时多口称万福，是祝颂之词。⑥周事：即终身相伴。

续黄粱

福建曾孝廉，捷南宫①时，与二三同年，遨游郭外。闻毗卢禅院寓一星者，往诣问卜。入揖而坐。星者见其意气扬扬，稍佞谀之。曾摇箑微笑，便问：「有蟒玉分否？」星者②曰：「二十年太平宰相。」曾大悦，气益高。值小雨，乃与游侣避雨僧舍。舍中一老僧，深目高鼻，坐蒲团上，淹蹇不

为礼。众一举手，登榻自话，群以宰相相贺。曾心气殊高，便指同游曰：『某为宰相时，推张年丈③作南抚，家中表④为参、游，我家老苍头亦得小千把，余愿足矣。』一座大笑。

俄闻门外雨益倾注，曾倦伏榻间。忽见有二中使，赍天子手诏，召曾太师决国计。曾得意荣宠，亦乌知其非有也，疾趋入朝。天子前席，温语良久，命三品以下，听其黜陟，不必奏闻。即赐蟒服一袭，玉带一围，名马二匹。曾被服稽拜以出。入家，则非旧所居第，绘栋雕榱，穷极壮丽，自亦不解何以遽至于此。然拈须微呼，则应诺雷动。俄而公卿赠海物，伛偻足恭者叠出其门。六卿来，倒屣而迎；侍郎辈，揖与语；下此者，颔之而已。晋抚馈女乐十人，皆是好女子，其尤者为袅袅，为仙仙，二人尤蒙宠顾。科头休沐，日事声歌。一日，念微时尝得邑绅王子良周济，我今置身青云，渠尚蹉跎仕路，何不一引

續黃粱

初捷南宮意氣揚沉閒卷語更翱翔僧寮不是邯鄲道也作黃粱夢一場

手？早旦一疏，荐为谏议，即奉谕旨，立行擢用。又念郭太仆曾睚眦我，即传吕给谏及侍御陈昌等，授以意旨；越日，弹章交至，奉旨削职以去。恩怨了了，颇快心意。偶出郊衢，醉人适触卤簿，即遣人缚付京尹，立毙杖下。接第连阡者，皆畏势献沃产，自此富可埒国。无何而袅袅、仙仙，以次殂谢，朝夕遐想，忽忆曩年见东家女绝美，每思购充媵御，辄以绵薄违宿愿，今日幸可适志。乃使干仆数辈，强纳资于其家。

俄顷藤舆舁至，则较之昔望见时尤艳绝也。自顾生平，于愿斯足。

又逾年，朝士窃窃，似有腹非之者，然揣其意，各为立仗马，曾亦高情盛气，不以置怀。有龙图学士包拯⑤上疏，其略曰：『窃以曾某，原一饮赌无赖，市井小人。一言之合，荣膺圣眷，父紫儿朱，恩宠为极。不思捐躯摩顶，以报万一，反恣胸臆，擅作威福。可死之罪，擢发难数！朝廷名器，居为奇货，量缺肥瘠，为价重轻。因而公卿将士，尽奔走于门下，估计夤缘，俨如负贩，仰息望尘，不可算数。或有杰士贤臣，不肯阿附，轻则置之闲散，重则褫以编氓。甚且一臂不袒，辄迕鹿马之奸；片语方干，远窜豺狼之地。朝士为之寒心，朝廷因而孤立。又且平民膏腴，任肆蚕食；良家女子，强委禽妆。沴气冤氛，暗无天日！奴仆一到，则守、令承颜；书函一投，则司、院枉法。或有厮养之儿，瓜葛之亲，出则乘传，风行雷动。地方之供给稍迟，马上之鞭挞立至。荼毒人民，奴隶官府，扈从⑥所临，野无青草。而某方炎炎赫赫，怙宠无悔。召对方承于阙下，萋菲辄进于君前；委蛇才退于自公，声歌已起于后苑。声色狗马，昼夜荒淫；国计民生，罔存念虑。世上宁有此宰相乎！内外骇讹，人情汹汹。若不急加斧锧之诛，势必酿成操、莽之祸。臣拯夙夜抵惧，不敢宁处，冒死列款⑦，仰达宸听。伏祈断奸佞之头，籍贪冒之产，上回天怒，下快舆情。如果臣言虚谬，刀锯鼎镬，即加臣身。』云云。疏上，曾闻之气魄悚骇，如饮冰水。幸而皇上优容，留中不发。又继而科、道、九卿，交章劾奏，即昔之拜门墙、称假父者，亦反颜相向。奉旨籍家，充云南军。子任平阳太守，已差员前往提问。

曾方闻旨惊怛，旋有武士数十人，带剑操戈，直抵内寝，褫其衣冠，与妻并系。俄见数夫运资于庭，金银钱钞以数百万，珠翠瑙玉数百斛，幄幕帘榻

之属，又数千事，以至儿襁女舄，遗坠庭阶。曾一一视之。酸心刺目。又俄而一人掠美妾出，披发娇啼，玉容无主。悲火烧心，含愤不敢言。俄楼阁仓库，并已封志，立叱曾出。监者牵罗曳而出，夫妻吞声就道，求一下驷劣车，少作代步，亦不可得。十里外，妻足弱，欲倾跌，曾时以一手相攀引。又十余里，己亦困惫。见高山，直插云汉，自忧不能登越，时挽妻相对泣。而监者狞目来窥，不容稍停驻。又顾斜日已坠，无可投止，不得已，参差蹩躠而行。比至山腰，妻力已尽，泣坐路隅。曾亦憩止，任监者叱骂。

忽闻百声齐噪，有群盗各操利刃，跳梁而前。监者大骇，逸去。曾长跪告曰：『孤身远谪，囊中无长物。』哀求宥免。群盗裂眦宣言：『我辈皆被害冤民，只乞得佞贼头，他无索取。』曾怒叱曰：『我虽待罪，乃朝廷命官，贼子何敢尔！』贼亦怒，以巨斧挥曾项，觉头堕地作声。魂方骇疑，即有二鬼来反接其手，驱之行。行逾数刻，入一都会。顷之，睹宫殿，殿上一丑形王者，凭几决罪福。曾前匍伏请命，王者阅卷，才数行，即震怒曰：『此欺君误国之罪，宜置油鼎！』万鬼群和，声如雷霆。即有巨鬼捽至墀下，见鼎高七尺已来，四围炽炭，鼎足皆赤。曾觳觫哀啼，窜迹无路。鬼以左手抓发，右手握踝，抛置鼎中。觉块然一身，随油波而上下，皮肉焦灼，痛彻于心，沸油入口，煎烹肺腑。念欲速死，而万计不能得死。约食时，鬼方以巨叉取曾，复伏堂下。王又检册籍，怒曰：『倚势凌人，合受刀山狱！』鬼复去。见一山，不甚广阔，而峻削壁立，利刃纵横，乱如密笋。先有数人淏肠刺腹于其上，呼号之声，惨绝心目。鬼促曾上，曾大哭退缩。鬼以毒锥刺脑，曾负痛乞怜。鬼怒，捉曾起，望空力掷。觉身在云霄之上，晕然一落，刃交于胸，痛苦不可言状，又移时，身躯重赘，刀孔渐阔，忽焉脱落，四支蠖屈。鬼又逐以见王。王

命会计生平卖爵鬻名，枉法霸产，所得金钱几何。即有鬈须人持筹握算，曰：『二百二十一万。』王曰：『彼既积来，还令饮去！』少间，取金钱堆阶上如丘陵，渐入铁釜，熔以烈火。鬼使数辈，更相以杓灌其口，流颐则皮肤臭裂，入喉则脏腑腾沸。生时患此物之少，是时患此物之多也。半日方尽。

王者令押去甘州为女。行数步，见架上铁梁，围可数尺，绾一火轮，其大不知几百由旬⑧，焰生五采，光耿云霄。鬼挞使登轮。方合眼跃登，则轮随足转，似觉倾坠，遍体生凉。开目自顾，身已婴儿，而又女也。视其父母，则悬鹑败絮；土室之中，瓢杖犹存。心知为乞人子，日随乞儿托钵，腹辘辘不得一饱。着败衣，风常刺骨。十四岁，鬻与顾秀才备媵妾，衣食粗足自给。而冢室悍甚，日以鞭棰从事，辄用赤铁烙胸乳。幸良人颇怜爱，稍自宽慰。东邻恶少年，忽逾墙来逼与私，乃自念前身恶孽，已被鬼责，今那得复尔。于是大声疾呼，良人与嫡妇尽起，少年始窜去。一日，秀才宿诸其室，枕上喋喋，方自诉冤苦；忽震厉一声，室门大辟，有两贼持刀入，竟决秀才首，囊括衣物。团伏被底，不敢作声。既而贼去，乃喊奔嫡室。嫡大惊，相与泣验。遂疑妾以奸夫杀良人，状白刺史。刺史严鞫，竟以酷刑诬服，律拟凌迟处死，絷赴刑所。胸中冤气扼塞，距踊声屈，觉九幽十八狱无此黑黯也。正悲号间，闻游者呼曰：『兄魇耶？』豁然而寤，见老僧犹跏趺座上。同侣竞相谓曰：『日暮腹枵，何久酣睡？』曾乃惨淡而起。僧微笑曰：『宰相之占验否？』曾益惊异，拜而请教。僧曰：『修德行仁，火坑中有青莲也。山僧何知焉。』曾胜气而来，不觉丧气而返。台阁之想由此淡焉。后入山，不知所终。

异史氏曰：梦固为妄，想亦非真。彼以虚作，神以幻报。黄粱将熟，此梦在所必有，当以附之邯郸之后。

注释 ①南宫：原指尚书省，此处指礼部。②星者：相士。古人认为人的命运与星宿的位置、运行息息相关，故称给人算命的人

辛十四娘

广平冯生，少轻脱，纵酒。昧爽偶行，遇一少女，着红帔，容色娟好。从小奚奴①，蹑露奔波，履袜沾濡。心窃好之。薄暮醉归，道侧故有兰若，久芜废，有女子自内出，则向丽人也，忽见生来，即转身入。阴思：丽者何得在禅院中？絷驴于门，往觇其异。入则断垣零落，阶上细草如毯。彷徨间，一斑白叟出，衣帽整洁，问：『客何来？』生曰：『偶过古刹②，欲一瞻仰。』因问：『翁何至此？』叟曰：『老夫流寓无所，暂借此安顿细小。既承宠降，山茶可以当酒。』乃肃宾入。见殿后一院，石路光明，无复榛莽。入其室，则帘幌床幕，香雾喷人。坐展姓字，云：『蒙叟姓辛。』生乘醉遽问曰：『闻有女公子未遭良匹，窃不自揣愿以镜台自献。』辛笑曰：『容谋之荆人。』生即索笔为诗曰：『千金觅玉杵，殷勤手自将。云英如有意，亲为捣玄霜。』主人笑付左右。少间，有婢与辛耳语。辛起慰客耐坐，牵幕入，隐约数语即趋出。生意必有佳报，而辛乃坐与嗢噱，不复有他言。生不能忍，问曰：『未审意旨，幸释疑抱。』辛曰：『君卓荦士，

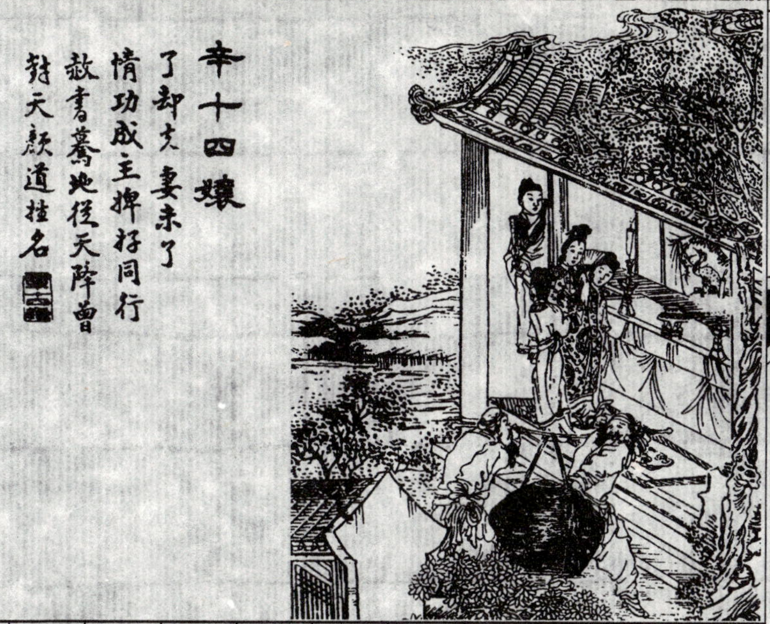

辛十四娘

了却丈妻未了
情功成主捭好同行
赦书蓦地从天降曾
赖天献道姓名

为『星者』。③年丈：科举时代同榜录取者互称『同年』，称同年的父辈或父辈的同年为『年丈』。④中表：表兄弟。古时称姑父的儿子为外兄弟，称舅父或姨母的儿子为内兄弟，外为表，内为中，故合称为『中表兄弟』。⑤龙图学士包拯：此处指刚直不阿的大臣。⑥扈从：随从。⑦列款：列举罪状。款，罪状。⑧由旬：梵文音译，古代印度计算里数的单位，分为大、中、小。

《周礼·天官·序官》：奚三百人。

倾风已久，但有私衷所不敢言耳。」生固请，辛曰：「弱息十九人，嫁者十有二。醮命任之荆人，老夫不与焉。」生曰：「小生只要得今朝领小奚奴带露行者。」辛不应，相对默然。闻房内嘤嘤腻语，生乘醉搴帘曰：「伉俪既不可得，当一见颜色，以消吾憾。」内闻钩动，群立愕顾。果有红衣人，振袖倾鬟，亭亭拈带。望见生入，遍室张皇。辛怒，命数人捽生出。酒愈涌上，倒榛芜中，瓦石乱落如雨，幸不着体。

卧移时，听驴子犹龁草路侧，乃起跨驴，踉跄而行。夜色迷闷，误入涧谷，狼奔鸱叫，竖毛寒心。踟蹰四顾，并不知其何所。遥望苍林中灯火明灭，疑必村落，竟驰投之。仰见高闳，以策挝门，内问曰：「何人半夜来此？」生以失路告，内曰：「待达主人。」生累足鹄俟。忽闻振管辟扉，一健仆出，代客捉驴。生入，见室甚华好，堂上张灯火。少坐，有妇人出，问客姓氏，生以

告。逾刻，青衣数人扶一老妪出，曰：「郡君[3]至。」生起立，肃身欲拜。妪止之坐，谓生曰：「尔非冯云子之孙耶？」曰：「然。」妪曰：「子当是我弥甥。老身钟漏并歇，残年向尽，骨肉之间，殊多乖阔。」生曰：「儿少失怙，与我祖父处者，十不识一焉。素未拜省，乞便指示。」妪曰：「子自知之。」生不敢复问，坐对悬想。

妪曰：「甥深夜何得来此？」生以胆力自矜诩，遂历陈所遇。妪笑曰：「此大好事。况甥名士，殊不玷于姻娅，野狐精何得强自高？甥勿虑，我能为若致之。」生谢唯唯。妪顾左右曰：「我不知辛家女儿遂如此端好。」青衣人曰：「渠有十九女，都翩翩有风格，不知官人所聘行几？」生曰：「年约十五余矣。」青衣曰：「此是十四娘。三月间，曾从阿母寿郡君，何忘却？」妪笑曰：「是非刻莲瓣为高履，实以香屑，蒙纱而步者乎？」青衣曰：「是也。」

妪曰：『此婢大会作意，弄媚巧。然果窈窕，阿甥赏鉴不谬。』即谓青衣曰：『可遣小狸奴唤之来。』青衣应诺去。

移时，入白：『呼得辛家十四娘至矣。』旋见红衣女子，望妪俯拜。妪曰：『后为我家甥妇，勿得修婢子礼。』女子起，娉娉而立，红袖低垂。妪理其鬓发，捻其耳环，曰：『十四娘近在闺中作么生？』女低应曰：『闲来只挑绣。』回首见生，羞缩不安。妪曰：『此吾甥也。盛意与儿作姻好，何便教迷途，终夜窜溪谷？』女俯首无语。妪曰：『我唤汝非他，欲为吾甥作伐耳。』女默默而已。妪命扫榻展裀褥，即为合卺。女腼然曰：『还以告之父母。』妪曰：『我为汝作冰，有何舛谬？』女曰：『郡君之命，父母当不敢违，然如此草草，婢子即死，不敢奉命！』妪笑曰：『小女子志不可夺，真吾甥妇也！』乃拔女头上金花一朵，付生收之。命归家检历，以良辰为定。乃使青衣送女去。听远鸡已唱，遣人持驴送生出。数步外，欻一回顾，则村舍已失，但见松楸浓黑，蓬颗蔽冢而已。定想移时，乃悟其处为薛尚书墓。

薛乃生故祖母弟，故相呼以甥。心知遇鬼，然亦不知十四娘何人。咨嗟而归，漫检历以待之，而心恐鬼约难恃。再往兰若，则殿宇荒凉，问之居人，则寺中往往见狐狸云。阴念：若得丽人，狐亦自佳。至日除舍扫途，更仆眺望，夜半犹寂，生已无望。顷之门外哗然，蹑屣出窥，则绣幰已驻于庭，双鬟扶女坐青庐中。妆奁亦无长物，惟两长鬣奴扛一扑满，大如瓮，息肩置堂隅。生喜得佳丽偶，并不疑其异类。问女曰：『一死鬼，卿家何帖服之甚？』女曰：『薛尚书，今作五都巡环使，数百里鬼狐皆备扈从，故归墓时常少。』生不忘蹇修④，翼日往祭其墓。归见二青衣，持贝锦为贺，竟委几上而去。生以告女，女曰：『此郡君物也。』

④《离骚》：解佩以结言兮，吾令蹇修以为理。

邑有楚银台之公子，少与生共笔砚，颇相狎。闻生得狐妇，馈遗为饮，即登堂称觞。越数日，又折简来招饮。女闻，谓生曰：『曩公子来，我穴壁窥之，其人猿睛鹰准，不可与久居也。宜勿往。』生诺之。翼日公子造门，问负约之罪，且献新什。生评涉嘲笑，公子大惭，不欢而散。生归笑述于房，女惨然曰：『公子豺狼，不可狎也！子不听吾言，将及于难！』生笑谢之。后与公子辄相谀噱，前隙渐释。会提学试，公子第一，生第二。公子沾沾自喜，走来邀生饮，生辞；频招乃往。至则知为公子初度，客从满堂，列筵甚盛。公子出试卷示生，亲友叠肩叹赏。酒数行，乐奏于堂，鼓吹伧，宾主甚乐。公子忽谓生曰：『谚云：「场中莫论文。」此言今知其谬。小生所以忝出君上者，以起处数语略高一筹耳。』公子言已，一座尽赞。生醉不能忍，大笑曰：『君到于今，尚以为文章至是耶！』生言已，一座失色。公子惭忿气结。客渐去，生亦遁。醒而悔之，因以告女。女不乐曰：『君诚乡曲之儇子也！轻薄之态，施之君子，则丧吾德；施之小人，则杀吾身。君祸不远矣！我不忍见君流落，请从此辞。』生惧而涕，且告之悔。女曰：『如欲我留，与君约：从今闭户绝交游，勿浪饮。』生谨受教。

十四娘为人勤俭洒脱，日以纂织为事。时自归宁，未尝逾夜。又时出金帛作生计，日有赢余，辄投扑满。日杜门户，有造访者辄嘱苍头谢去。

一日，楚公子驰函来，女焚诈不以闻。翼日，出吊于城，遇公子于丧者之家，捉臂苦约，生辞以故。公子使圉人挽辔，拥以行。至家，立命洗腆。继辞夙退。公子要遮无已，出家姬弹筝为乐。生素不羁，向闭置庭中，颇觉闷损，忽逢剧饮，兴顿豪，无复萦念。因而醉酣，颓卧席间。公子妻阮氏，最悍妒，婢妾不敢施脂泽。日前，婢入斋中，为阮掩执，以杖击首，脑裂立毙。公子以

生嘲慢故，衔生，日思所报，遂谋醉以酒而诬之。乘生醉寐，扛尸床间，合扉径去。生五更醒解，始觉身卧几上，起寻枕榻，则有物腻然，绁绊步履。摸之，人也。意主人遣僮伴睡。又蹴之不动，举之而僵，大骇，出门怪呼。厮役尽起，炸之，见尸，执生怒闹。公子出验之，诬生逼奸杀婢，执送广平。隔日，十四娘始知，潸泣曰：『早知今日矣！』因按日以金钱遗生。生见府尹，无理可伸，朝夕搒掠，皮肉尽脱。女自诣问，生见之，悲气塞心，不能言说。女知陷阱已深，劝令诬服，以免刑宪。生泣听命。

女还往之间，人咫尺不相窥。归家咨惋，遽遣婢子去。独居数日，又托媒媪购良家女，名禄儿，年及笄，容华颇丽，与同寝食，抚爱异于群小。生认误杀拟绞。苍头得信归，恸述不成声。女闻，坦然若不介意。既而秋决有日，女始皇皇躁动，昼去夕来，无停履。每于寂所，于邑悲哀，至损眠食。一日，日

晡，狐婢忽来。女顿起，相引屏语。出则笑色满容，料理门户如平时。翼日，苍头至狱，生寄语娘子一往永诀。苍头复命，女漫应之，亦不怆恻，殊落落置之；家人窃议其忍。忽道路沸传：楚银台革职，平阳观察奉特旨治冯生案。苍头闻之，喜告主母。女亦喜，即遣入府探视，则生已出狱，相见悲喜。俄捕公子至，一鞫，尽得其情。生立释宁家。归见女，泫然流涕，女亦相对怆楚，悲已而喜，然终不知何以得达上听。女笑指婢曰：『此君之功臣也。』生愕问故。

先是，女遣婢赴燕都，欲达宫闱，为生陈冤抑。婢至，则宫中有神守护，徘徊御沟间，数月不得入。婢惧误事，方欲归谋，忽闻今上将幸大同，婢乃预往，伪作流妓。上至勾栏，极蒙宠眷。疑婢不似风尘人，婢乃垂泣。上问：『有何冤苦？』婢对曰：『妾原籍直隶广平，生员冯某之女。父以冤狱将死，

遂鬻妾勾栏中。』上惨然，赐金百两。临行，细问颠末，以纸笔记姓名；且言欲与共富贵。婢言：『但得父子团聚，不愿华也。』上颔之，乃去。婢以此情告生。生急起拜，泪眦双荧。居无几何，女忽谓生曰：『妾不为情缘，何处得烦恼？君被逮时，妾奔走戚眷间，并无一人代一谋者。尔时酸衷，诚不可以告诉。今视尘俗益厌苦。我已为君蓄良偶，可从此别。』生闻，泣伏不起，女乃止。夜遣禄儿侍生寝，生拒不纳。朝视十四娘，容光顿减；又月余，渐以衰老；半载，黯黑如村妪：生敬之，终不替。女忽复言别，且曰：『君自有佳侣，安用此鸠盘为？』生哀泣如前日。又逾月，女暴疾，绝饮食，羸卧闺闼。生侍汤药，如奉父母。巫医无灵，竟以溘逝。生悲怛欲绝。即以婢赐金，为营斋葬。数日，婢亦去，遂以禄儿为室。逾年，生一子。然比岁不登，家益落。夫妻无计，对影长愁。忽忆堂陬扑满，常见十四娘投钱于中，不知尚在否。近临之，则豉具盐盎，罗列殆满。头头置去，箸探其中，坚不可入。扑而碎之，金钱溢出。由此顿大充裕。

后苍头至太华，遇十四娘，乘青骡，婢子跨蹇以从，问：『冯郎安否？』且言：『致意主人，我已名列仙籍矣。』言讫不见。

异史氏曰：轻薄之辞，多出于士类，此君子所悼惜也。余常冒不韪之名，言冤则已迂；然未尝不刻苦自励，以勉附于君子之林，而祸福之说不与焉。若冯生者，一言之微，几至杀身，苟非室有仙人，亦何能解脱囹圄，以再生于当世耶？可惧哉！

注释 ①奚奴：奴仆，此处指婢女。《周礼·天官·序官》：「奚三百人。」②刹：指佛塔顶部的装饰，后代指寺庙古塔。③郡君：古时妇人的封号。④蹇修：代指媒人。蹇修，神话传说中伏羲氏的大臣。屈原《离骚》：「解佩以结言兮，吾令蹇修以为理。」

念秧

异史氏曰：人情鬼蜮[1]，所在皆然；南北冲衢，其害尤烈。如强弓怒马，御人于国门之外者，夫人而知之矣。或有劙刺橐，攫货于市，行人回首，财货已空，此非鬼蜮之尤者耶？乃又有萍水相逢[2]，甘言如醴，其来也渐，其人也深。误认倾盖之交[3]，遂罹丧资之祸。随机设阱，情状不一；俗以其言辞浸润，名曰『念秧』。今北途多有之，遭其害者尤众。

余乡王子巽者，邑诸生。有族先生在都为旗籍太史，将往探讯。治装北上，出济南，行数里，有一人跨黑卫驰与同行，时以闲语相引，王颇与问答。其人自言：『张姓。为栖霞隶，被令公差赴都。』称谓撝卑，祗奉殷勤，相从数十里，约以同宿。王在前则策蹇追及，在后则祗候道左。仆疑之，因厉色拒去，不使相从。张颇自惭，挥鞭遂去。既暮休于旅舍，偶步门庭，则见张就外舍饮。方惊疑间，张望见王垂手拱立，谦若厮仆，稍稍问讯。王亦以泛泛适相值，不为疑，然王仆终夜戒备之。鸡既唱，张来呼与同行，仆咄绝之，乃去。朝暾已上，王始就道。行半日许，前一人跨白卫，约四十许，衣帽整洁，垂首蹇分，盹寐欲堕。或先或后，因循十余里。王怪问：『夜何作，迷顿乃尔？』其人闻之，猛然欠伸，言：『青苑人，许姓，临淄令高檠是我中表。家兄设帐于官署，我往探省，少获馈贻。今夜旅

念秧

裘馬煇煌動覬覦
客途萍聚夜呼盧
囊金盡入他人橐
贏得便宜是僕夫

《史记·邹阳列传》：谚曰『有白头如新，倾盖如故。』何则？知与不知也。

舍，误同念秧者宿，惊惕不敢交睫，遂致白昼迷闷。』王故问：『念秧何说？』许曰：『君客时少，未知险诈。今有匪类，以甘言诱行旅，夤缘与同休止，因而乘机骗赚。昨有葭莩亲，以此丧资斧。吾等皆宜警备。』王颔之。先是，临淄宰与王有旧，曾入其幕，识其门客，果有许姓，遂不复疑。因道寒温，兼询其兄况。许约暮共主人，王诺之。仆终疑其伪，阴与主谋，迟留不进，相失，遂杳。

翼日卓午，又遇一少年，年可十六七，骑健骡，冠服修整，貌甚都。同行久之，未交一言。日既夕，少年忽曰：『前去曲律店不远矣。』王微应之。少年因咨嗟歔欷，如不自胜。王略致诘，少年叹曰：『仆江南金姓。三年膏火，冀博一第，不图竟落孙山！家兄为部中主政，遂载细小来，冀得排遣。生平不曾跋涉，扑面尘沙，使人薅恼。』因取红巾拭面，叹咤不已。听其语，操南音，娇婉若女子。王心好之，稍为慰藉。少年曰：『适先驰出，眷口久望不来，何仆辈亦无至者？日已将暮，奈何！』迟留瞻望，行甚缓。王遂先驱，相去渐远。晚投旅邸，既入舍，则壁下一床，先有客解装其上。王问主人，即有一人入，携之而出，曰：『但请安置，当即移他所。』王视之则许。王止与同舍，许遂止，因与坐谈。少间，又有携装入者，见王、许在舍，返身遽出，曰：『已有客在。』王审视，则途中少年也。王未言，许急起曳留之，少年遂坐。许乃展问邦族，少年又以途中言为许告。俄顷，解囊出资，堆累颇重，秤两余付主人，嘱治肴酒，以供夜话。二人争劝止之，卒不听。

俄而酒炙并陈。筵间，少年论文甚风雅。王问江南闱题，少年悉告之。且自诵其承破，及篇中得意之句。言已，意甚不平，共扼腕之。少年又以家口相失，夜无仆役，患不解牧圉，王因命仆代摄莝豆。少年深感谢。居无何，忽蹴

然曰：『生平蹇滞，出门亦无好况。昨夜逆旅与恶人居，掷骰叫呼，聒耳沸心，使人不眠。』南音呼骰为兜，许不解，固问之，少年手摹其状。许乃笑，于囊中出色一枚，曰：『是此物否？』少年诺。许乃以色为令，相欢饮。酒既阑，许请共掷，赢一东道主，王辞不解。许乃与少年相对呼卢，又阴嘱王曰：『君勿漏言。蛮公子颇充裕，年又雏，未必深解五木诀。我赢些须，明当奉屈耳。』二人乃入隔舍。旋闻轰赌甚闹，王潜窥之，见栖霞隶亦在其中。大疑，展衾自卧。又移时，众共拉王赌，王坚辞不解。许愿代辨枭雉，王又不肯；遂强代王掷。少间，就榻报王曰：『汝赢几筹矣。』王睡梦应之。

忽数人排闼而入，番语啁嗻。首者言佟姓。为旗下逻捉赌者。时赌禁甚严，各大惶恐。佟大声吓王，王亦以太史旗号相抵。佟怒解，与王叙同籍，笑请复博为戏。众果复赌，佟亦赌。王谓许曰：『胜负我不预闻。但愿睡，无相混。』

许不听，仍往来报之。既散局，各计筹马，王负欠颇多，佟遂搜王装囊取偿。王愤起相争。金捉王臂，阴告曰：『彼都匪人，其情叵测。我辈乃文字交，无不相顾。适局中我赢得如干数，可相抵。此当取偿许君者，今请易之。便令许偿佟，君偿我。不过暂掩人耳目，过此仍以相还。终不然，以道义之交，遂实取君偿耶？』王故长厚，遂信之。少年出，以相易之谋告佟。乃对众发王装物，估入己橐，佟乃转索许、张而去。

少年遂襆被来，与王连枕，衾褥皆精美。王亦招仆人卧榻上，各默然安枕。久之，少年故作转侧，以下体昵就仆。仆移身避之，少年又近就之。肤着股际，滑腻如脂。仆心动，试与狎，而少年殷勤甚至，衾息鸣动。王颇闻之，虽其骇怪，终不疑其有他也。昧爽，少年即起，促与早行。且云：『君蹇疲殆，夜所寄物，前途请相授耳。』王尚无言，少年已加装登骑，王不得已从之。

骤行驶，去渐远，王料其前途相待，初不为意。因以夜间所闻问仆，仆以实告。王始惊曰：『今被念秧者骗矣！焉有宦室名士，而毛遂于圉仆？』又转念其谈词风雅，非念秧所能，急追数十里，踪迹殊杳。始悟张、许、佟皆其一党，一局不行，又易一局，务求其必入也。偿债易装，已伏一图赖之机，设其携装之计不行，亦必执前说篡夺而去。为数十金，委缀数百里，恐仆发其事，而以身交欢之，其术亦苦矣。

后数年，又有吴生之事：

邑有吴生字安仁，三十丧偶，独宿空斋。有秀才来与谈，遂相知悦。从一小奴，名鬼头，亦与吴僮报儿善。久而知其为狐。吴远游，必与俱，同室之中，人不能睹。吴客都中，将旋里，闻王生遭念秧之祸，因戒僮警备。狐笑曰：『勿须，此行无不利。』

至涿，一人系马坐烟肆，裘服齐楚。见吴过，亦起，超乘从之。渐与吴语，自言：『山东黄姓，提堂户部。将东归，且喜同途不孤寂。』于是吴止亦止，每共食必代吴偿值。吴阳感而阴疑之。私以问狐，狐曰：『不妨。』吴意释。

及晚，同寻寓所，先有美少年坐其中。黄入，与拱手为礼，喜问少年：『何时离都？』答云：『昨日。』黄遂拉与共寓，向吴曰：『此史郎，我中表弟，亦文士，可佐君子谈骚雅，夜话当不寥落。』乃出金资，治具共饮。少年风流蕴藉，遂与吴大相爱悦。饮间，辄目示吴作觞弊，罚黄，强使釂，鼓掌作笑。吴益悦之。既而更与黄谋赌博，共牵吴，遂各出橐金为质。狐嘱报儿暗锁板扉，嘱曰：『倘闻人喧，但寐无哗。』吴诺。吴每掷，小注则输，大注则赢。更余，计得二百金。史、黄错橐垂罄，议质其马。

忽闻挝门声甚厉，吴急起，投色于火，蒙被假卧。久之，闻主人觅钥不得，破扃启关，有数人汹汹入，搜捉博者。史、黄并言无有。一人竟捋吴被，指为赌者，吴叱咄之。数人强检吴装。方不能与之撑拒，忽闻门外舆马呵殿声。吴急出鸣呼，众始惧，曳之入，但求无声。吴乃从容苞苴付主人。卤簿既远，众乃出门去。

黄与史共作惊喜状，取次览寝，黄命史与吴同榻。吴以腰橐置枕头，方伸被而睡。无何，史启吴衾，裸体入怀，小语曰：『爱兄磊落，愿从交好。』吴心知其诈，然计亦良得，遂相偎抱。史极力周奉，不料吴固伟男，大为凿枘，颦呻殆不可任，窃窃哀免。吴固求讫事。手扪之，血流漂杵矣。乃释令归。及明，史惫不能起，托言暴病，请吴、黄先发。吴临别，赠金为药饵之费。途中语狐，乃知夜来卤簿，皆狐所为。黄于途，益谄事吴。暮复同舍，斗室甚隘，

仅容一榻，颇暖洁，吴以为狭。黄曰：『此卧两人则隘，君自卧则宽，何妨？』食已径去。吴亦喜独宿可接狐友，坐良久，狐不至。倏闻壁上小扉，有指弹之声。吴拔关探视，一少女艳妆遽入，自扃门户，向吴展笑，佳丽如仙。吴喜致研诘，则主人之子妇也。遂与狎，大相爱悦。女忽潸然泣下。吴惊问之，女曰：『不敢隐匿，妾实主人遣以饵君者。曩时入室，即被掩执，不知今宵，何久不至？』又呜咽曰：『妾良家女，情所不甘。今已倾心于君，乞垂拔救！』吴闻骇惧，计无所出，但遣速去，女惟俯首泣。

忽闻黄与主人捶阖鼎沸，但闻黄曰：『我一路祗奉，谓汝为人，何遂诱我弟室！』吴惧，逼女令去。闻壁扉外亦有腾击声。吴仓卒汗流如沈，女亦伏泣。又闻有人劝止主人，主人不听，推门愈急。劝者曰：『请问主人，意将何为？如欲杀耶，有我等客数辈，必不坐视凶暴。如两人中有一逃者，抵罪安

所辞？如欲质之公庭耶，帷薄不修，适以取辱。且尔宿行旅，明明陷诈，安保女子无异言？』主人张目不能语。吴闻窃感佩，而不知何人。初，肆门将闭，即有秀才共一仆来，就外舍宿。携有香酝，遍酌同舍，劝黄及主人尤殷。两人辞欲起，秀才牵裾，苦不令去。后乘间得逭，操杖奔吴所。秀才闻喧，始入劝解。吴伏窗窥之，则狐友也，心窃喜。又见主人意稍夺，乃大言以恐之。又谓女子：『何默不一言？』女啼曰：『恨不如人，为人驱役贱务！』主人闻之，面如死灰。秀才叱骂曰：『尔辈禽兽之情，亦已毕露。此客子所共愤者！』黄及主人皆释刀杖，长跪而请。吴亦启户出，顿大怒詈，秀才又劝止吴，两始和解。

女子又啼，宁死不归。内奔出妪婢，女令入。女子卧地，哭益哀。秀才劝重价货吴生，主人俯首曰：『作老娘三十年，今日倒绷孩儿，亦复何说。』遂依秀才言。吴固不肯破重资，秀才调停主客间，议定五十金。人财交付后，晨钟已动，乃共促装，载女子以行。女未经鞍马，驰驱颇殆。午间稍息憩，将行，唤报儿，不知所往。日已夕，尚无踪响，颇怀疑讶，遂以问狐。狐曰：『无忧，将自至矣。』星月已出，报儿始至。吴诘之，报儿笑曰：『公子以五十金肥奸伧，窃所不平。适与鬼头计，反身索得。』遂以金置几上。吴惊问其故，盖鬼头知女止一兄，远出十余年不返，遂幻化作其兄状，使报儿冒弟行，入门索姊妹。主人惶恐，诡托病殂。二僮欲质官，主人益惧，啖之以金，渐增至四十，二僮乃行。报儿具述其状，吴即赐之。

吴归，琴瑟綦笃。家益富。细诘女子，曩美少年即其夫，盖史即金也。袭一槲绸帔，云是得之山东王姓者。盖其党羽甚众，逆旅主人，皆其一类。何意吴生所遇，即王子巽连天呼苦之人，不亦快哉！旨哉古言：『骑者善堕。』

酒狂

缪永定，江西拔贡①生，素酗于酒，戚党多畏避之。偶适族叔家，与客滑稽谐谑，遂共酣饮。缪醉，使酒骂座，忤客，客怒，一座大哗。叔为排解，缪为左袒客，益迁怒叔。叔无计，奔告其家。家人来，扶挟以归。才置床上，四肢尽厥，抚之，奄然气绝。

缪见有皂帽人絷已去。移时至一府署，缥碧为瓦，世间无其壮丽。至墀下，似欲伺见官宰，自思无罪，当是客讼斗殴。回顾皂帽人，怒目如牛，又不敢问。忽堂上一吏宣言，使讼狱者翼日早候，于是堂下人纷纷散去。缪亦随皂帽人出，更无归着，缩首立肆檐下。皂帽人怒曰：「颠酒无赖子！日将暮，各去寻眠食，尔何往？」缪战栗曰：「我且不知何事，并未告家人，故毫无资斧，庸将焉归？」皂帽人曰：「颠酒贼！若酤自啖，便有用度！再支吾，老拳碎颠骨子！」缪垂首不敢声。忽一人自户内出，见缪，诧异曰：「尔何来？」缪视之，则其母舅。舅贾氏，死已数载。缪见之，始悟已死，心益悲惧，向舅涕零曰：「阿舅救我！」贾顾

酒狂

故態猶存笑酒徒轉疑
醉夢境模糊但未罵
座神人怒宜罰何
須問有無

注释 ①鬼蜮：原指害人的鬼和怪物，后比喻奸诈阴狠的人。《诗·小雅·何人斯》：「为鬼为蜮，则不可得。」蜮，传说中伏于水中含沙射人的一种怪物。②萍水相逢：指偶然相识。王勃《滕王阁序》：「萍水相逢，尽是他乡之客。」③倾盖之交：一见如故的朋友。倾盖，指并车交谈。《史记·邹阳列传》「谚曰『有白头如新，倾盖如故。』何则？知与不知也。」

皂帽人曰：『东灵非他，屈临寒舍。』二人乃入。贾重揖皂帽人，且嘱青眼。俄顷出酒食，团坐相饮。贾问：『舍甥何事，遂烦勾致？』皂帽人曰：『大王②驾诣浮罗君，遇令甥醉詈，使我捉得来。』贾问：『见王未？』曰：『浮罗君会花子案，驾未归。』又问：『阿甥将得何罪？』答曰：『未可知也。然大王颇怒此等人。』缪在侧，闻二人言，觳觫汗下，杯箸不能举。无何，皂帽人起，谢曰：『叨盛酌，已经醉矣。即以令甥相付托，驾归，再容登访。』乃去。贾谓缪曰：『甥别无兄弟，父母爱如掌上珠，常不忍一诃。十六七岁，三杯后，喃喃寻人疵，小不合，辄挝门裸骂，犹谓齿稚。不意别十余年，甥了不长进。今且奈何！』缪伏地哭，懊悔无及。贾曳之曰：『舅在此业酤，颇有小声望，必合极力。适饮者乃东灵使者，舅常饮之酒，与舅颇相善。大王日万几，亦未必便能记忆。我委曲与言，浼以私意释甥去，或可允从。』又转念曰：『此事担负颇重，非十万不能了也。』缪谢诺，即就舅氏宿。次日，皂帽人早来觇望。贾请间。语移时，来谓缪曰：『谐矣。少顷，即复来。我先罄所有用压契，余待甥归从容凑致之。』缪喜曰：『共得几何？』曰：『十万。』曰：『甥何处得如许？』贾曰：『只金币钱纸③百提，足矣。』缪喜曰：『此易办耳。』待将停午，皂帽人不至。

缪欲出市上少游瞩，贾嘱勿远荡，诺而出。见街里贸贩，一如人间。至一所，棘垣峻绝，似是囹圄。对门一酒肆，往来颇夥。肆外一带长溪，黑潦涌动，深不见底。方伫足窥探，闻肆内一人呼曰：『缪君何来？』缪急视之，则邻村翁生，乃十年前文字交。趋出握手，欢若平生。即就肆内小酌，各道契阔。缪庆幸中，又逢故知，倾怀尽釂。大醉，顿忘其死，旧态复作，渐絮絮瑕疵翁。翁曰：『数年不见，君复尔耶？』缪素厌人道其酒德，闻言益愤。击桌

大骂。翁睨之，拂袖竟出。缪又追至溪头，捋翁帽，翁怒曰：『此真妄人！』乃推缪颠堕溪中。溪水殊不甚深，而水中利刃如麻，刺胁穿胫，坚难摇动，痛彻骨脑。黑水杂溲秽，随吸入喉，更不可耐。岸上人观笑如堵，绝不一为援手。

时方危急，贾忽至，望见大惊，提携以归，曰：『尔不可为也！死犹弗悟，不足复为人！请仍从东灵受斧。』缪大惧，泣拜知罪。贾乃曰：『适东灵至，候汝立券，汝乃饮荡不归，渠迫不能待。我已立券，付千缗令去，余以旬尽为期。子归，宜急措置，夜于村外旷莽中，呼舅名焚之，此案可结也。』缪悉如命，乃促之行，送之郊外，又嘱曰：『必勿食言，累我无益。』乃示途令归。

时缪已僵卧三日，家人谓其醉死，而鼻息隐隐如悬丝。是日苏，大呕，呕出黑沈数斗，臭不可闻。吐已，汗湿裀褥，气味熏腾，与吐物无异，身始凉爽。告家人以异。旋觉刺处痛肿，隔夜成疮，犹幸不大溃腐。十日渐能杖行。家人共乞偿冥负，缪计所费，非数金不能办，颇生吝惜，曰：『曩或醉乡之幻境耳。纵其不然，伊以私释我，何敢复使冥王知？』家人劝之，不听。然心惕惕然，不敢复纵饮。里党咸喜其进德，稍稍与共酌。年余，冥报渐忘，志渐肆，故状渐萌。一日饮于子姓之家，又骂座，主人摈斥出，阖户径去。缪噪逾时，其子方知，扶持归家。入室，面壁长跪，自投无数，曰：『便偿尔负！便偿尔负！』言已仆地，视之气已绝矣。

注释 ①拔贡：明清时，由各省提学考选学行兼优、累试优等的府、州、县学生员，贡入京师！明代称为「选贡」，清初称「拔贡」。②大王：东灵大王，神话中与西王母对称的男神，居东方。道教称之为青灵始老君，为地仙。③金币钱纸：旧时祭奠供焚化用的金裱纸钱，即纸陌。